AMERICAN HERO

MORTON RHUE

AMERICAN HERO

Aus dem Englischen von
Nicolai von Schweder-Schreiner

CARLSEN

MIX
Papier aus verantwortungsvollen Quellen
FSC® C083411
www.fsc.org

Deutsche Erstausgabe
Veröffentlicht im Carlsen Verlag
April 2018

Originalverlag: Simon & Schuster, New York
Originaltitel: »The Price of Freedom«

Aus dem Englischen von Nicolai von Schweder-Schreiner
Lektorat: Petra Deistler-Kaufmann
Umschlaggestaltung: formlabor
Umschlagfotos: shutterstock.com © Matskevich Sergey (562431151) / Billion Photos (296498720) / ostill (100704424) / verzellenberg (265407890)
Corporate Design Taschenbuch: bell étage
Herstellung: Karen Kollmetz
Satz: Dörlemann Satz, Lemförde
Druck: CPI Print GmbH, Leck
ISBN 978-3-551-31685-1

Für alle jungen Männer und Frauen,
die in den Krieg geschickt werden.

»Ich habe den Krieg satt … Nur wer nie einen Schuss abgefeuert oder die Schreie und das Stöhnen der Verwundeten gehört hat, schreit nach Blut, nach Rache, nach Verwüstung. Krieg ist die Hölle.«

WILLIAM SHERMAN (1820–1891)

Al Jahim

Du wirst zum Soldaten ausgebildet, nicht zum Helden. Aber manchmal kommt es eben doch anders.

Um dich herum ist nichts als Lärm. Unfassbar laut. So laut, dass es wehtut. Als würden zwei Mülleimerdeckel aus Metall auf deinem Kopf zusammengeschlagen. So laut, dass du denkst, dein Trommelfell platzt jede Sekunde. Falls du Zeit hast, überhaupt noch etwas zu denken. Hast du aber nicht.

Gerade eben noch bist du in einem Humvee durch die Gegend gefahren. Jetzt liegt das Fahrzeug fünfzehn Meter von der Straße entfernt auf dem Dach. Schweres Geschützfeuer, Schreie, Rufe, Explosionen, dazu das schrille Pfeifen in den Ohren. Metallgeschosse, die mit klirrendem Pling vom Humvee abprallen. Die dumpfen Einschläge der Patronen im Panzerglas. Du hängst kopfüber im Wagen, gehalten vom Sicherheitsgurt. Fühlst einen brennenden Schmerz an einem halben Dutzend Stellen, verteilt über den ganzen Körper. Du siehst nur ein verschwommenes Rot. Das Dröhnen einer Sprengfalle wummert in deinem Kopf. Etwas Warmes läuft dir über die Wange ins rechte Auge hinein.

Jemand in der Nähe schreit. »Scheiße! Mich hat's erwischt!« Ein Stück weiter weg brüllt jemand anderes: »Wo ist der Schütze? Findet den verdammten Schützen!«

Die Schießerei geht weiter. Hundertfach wird um dich herum geballert. Schüsse aus zahllosen Waffen. Dir wird klar, dass es den Schützen nicht gibt. Es sind Dutzende.

BUMM! Der Humvee wird von der Explosion einer Panzerfaust erschüttert.

»Ahhh! Ahhhh!« Wieder Schmerzensschreie.

Wo sind deine Kameraden?

■ ■ ■ ■ ■

Meine Schutzbrille ist weg. Jetzt sind meine Augen den Granatsplittern und dem Dreck restlos ausgeliefert. Das verschwommene Rot ist Blut. Es kommt von einem Splitter, der sich unter meinem Kinnschutz in die Haut gebohrt hat. Wie er da hingekommen ist, werde ich nie erfahren. Es ist einer von vielleicht einem Dutzend Granatsplittern, den die Militärärzte irgendwann aus meinem Körper holen werden.

Aber im Moment spüre ich nur einen diffusen brennenden Schmerz. Im Moment sind da vor allem das Adrenalin, der Schock, die Schreie und die Explosionen. Zeit, das Überschlagtraining anzuwenden. Orientieren, drei Kontaktpunkte bilden, sich bereit machen und den Gurt lösen. Aussteigen. Ich rüttele mit dem Handschuh am Griff, aber die verdammte Tür will nicht aufgehen. Moment, mein Kopf ist näher am Boden als die Füße. In dieser Position drückt man den Griff nicht runter. Man zieht ihn hoch.

Kurz darauf rolle ich hinaus in die Hitze, ins Sonnenlicht, ins Chaos. Feuer aus Maschinengewehren und Handwaffen gellt mir in den Ohren. Überschallschnelle Bleibienen sausen vorbei. Aber das Feuergefecht ist ein gutes Zeichen. Von unserer Seite wird zurückgeschossen. Die heiße Luft stinkt nach Benzin und Schwefel. Eine Salve Kugeln reißt den Boden auf und bläst mir Sandkörner ins Gesicht, die sich mit dem Blut in meinen Augen vermischen. Ich bin in der Todeszone, offenbar sind wir in einen sogenannten »fernen« Hinterhalt geraten, außerhalb der Reichweite von Handgranaten.

Woher ich weiß, dass es kein »naher« Hinterhalt ist? Ganz einfach. Weil ich dann schon mausetot wäre.

Wieder sausen Bleibienen vorbei. Ich kann förmlich spüren, wie sie direkt neben meinem Kopf die Luft durchschneiden. Ich lege mich auf den Bauch und stopfe mir ein Stück Mullbinde unters Kinn. Au! Verdammt, das tut weh, aber wenigstens stillt es die Blutung. Ich blinzele das restliche Blut aus dem Auge und versuche herauszufinden, von wo das feindliche Feuer kommt. Ich sehe mich nach Deckung um. Wo sind meine Leute? Skitballs, Magnet, Clay? Mir fällt ein, dass ich mich auf vermintem Gelände befinde. Ich kann nicht lange so ungeschützt liegen bleiben, ohne getroffen zu werden. Aber wo sind die Landminen, wohin darf ich mich bewegen?

Diese Gedanken schießen mir innerhalb von ein paar Sekunden durch den Kopf.

»Ahhhh! Ahhhh! Mich hat's erwischt! Jake! Mich hat's erwischt!« Das ist Skitballs. Er ist irgendwo rechts von mir, von wo auch ein Großteil der Schüsse kommt.

Ich muss zu ihm.

JAKE

Die Propellermaschine setzt auf. Durch das Fenster sehe ich die Menschenmenge. Sie jubeln und schwenken amerikanische Fahnen, kleine und große. Auf ein Bettlaken hat jemand in roten Großbuchstaben geschrieben: »Willkommen zu Hause, Jake! Unser Held!«

An einem Besenstiel klebt ein Stück Pappe. »Danke für deinen Dienst an unserem Land.«

Da draußen warten um die zweihundert Leute.

Mein Herz klopft. Ich hatte wochenlang Zeit, mich auf diesen Moment vorzubereiten. Wochen, in denen ich mir überlegen konnte, was ich sage und wann ich es sage. Okay, anscheinend bin ich ein Held. Seit dem Hinterhalt hat man mir das jedenfalls tausendmal erzählt. Nur dass ich mich nicht wie ein Held fühle. In der Situation, in der es passiert, weißt du nicht, dass du mutig bist. Du tust nur das, was man dir beigebracht hat. Was dein Instinkt dir sagt.

Du tust es, obwohl du weißt, dass du mit großer Wahrscheinlichkeit dabei draufgehen wirst. Du tust es, weil du musst … falls du danach, wenn alles vorbei ist, noch in den Spiegel schauen willst.

Jetzt rollen wir auf das Terminal zu, und ich erkenne einzelne Gesichter – Dad, Lori, Aurora und der General stehen ganz vorne. Während der letzten sechs Monate habe ich zigmal mit ihnen geskypt, aber jetzt, wo ich sie so direkt vor mir sehe, schmerzt mir das Herz. Ich habe sie vermisst. Es ist ein gutes Gefühl, zu Hause zu sein …

Die Menge sieht mich hinter dem Fenster. Sie winken, wedeln mit ihren Flaggen, rufen Wörter, die ich durch die Scheibe nicht hören kann. Mein Körper ist angespannt. In erhöhter Alarmbereitschaft. Meine Hände wollen nicht gehorchen, als ich versuche, den Anschnallgurt zu lösen. Hier im Flugzeug bin ich sicher. Ich bin geschützt … und allein.

Komm schon, Jake, sage ich mir. Niemand will dir was.

Kann doch nicht so schwer sein, oder? Du gehst einfach raus und begrüßt deine Familie, deine Freunde und ein paar Hundert Fans, die dich bewundern. Stattdessen fühlt sich das so stressig an, als würde man im Humvee an der Spitze der Kolonne fahren. Sosehr ich mich darauf gefreut habe, meine Familie zu sehen, so sehr hat mir auch in den letzten Wochen vor diesem Moment gegraut.

Deine Zeit wird knapp …

»Jake?«

Ich blicke in das Gesicht des Piloten. Er ist aus dem Cockpit gekommen und lehnt jetzt am Sitz vor mir. Er ist älter als ich, hat rötliche Haut und einen Schnurrbart. Unter seiner Pilotenmütze ragen graue Koteletten hervor. Er hat so ein freundlich eingefrorenes Lächeln, wie jemand, der versucht, seine Besorgnis zu verbergen. »Sie warten.«

»Ja, Sir.« Ich schnalle mich ab. Manchmal bringt einen ausgerechnet die Militärausbildung dazu, Dinge zu tun, von denen man nicht sicher war, ob man dazu in der Lage ist. Mein linkes Bein ragt in den Gang, es steckt von der Leiste bis zum Fuß in Gips. Ich greife mit der einen Hand nach einer Krücke und mit der anderen nach der Nackenlehne vor mir.

»Brauchen Sie Hilfe?«, fragt der Pilot.

»Nein, Sir. Danke, Sir.« Ich ziehe mich hoch und bringe die Krücken in Stellung. Gehe mit eingezogenem Kopf durch den schmalen Gang und trete aus der Tür. Die Menge jubelt und schwenkt Banner und Fahnen. Fehlt nur noch die Blaskapelle. Die Sonne scheint mir direkt ins Gesicht, zum Glück trage ich eine Sonnenbrille. Für Anfang Juni kommt es mir ziemlich warm vor. Der Geruch von Heckenkirschen weckt in mir Erinnerungen an unbeschwerte Tage, als ich an Swimmingpools abhing und mit hübschen Mädchen flirtete.

Wenn ich nur so unbekümmert sein könnte wie damals.

Ich steige die Gangway hinunter. Im Militärkrankenhaus im deutschen Landstuhl haben sie mir beigebracht, wie ich da mit Krücken runterkomme, ohne auf die Nase zu fallen. Die Propeller haben aufgehört, sich zu drehen, und die jubelnde Menge drängt nach vorn. Ein Anblick, bei dem sich alles in mir versteift, ich bin sofort wieder in Alarmbereitschaft. Du kannst dir sagen, dass das hier deine Familie und deine Freunde sind, dass du in Amerika bist und nicht irgendwo in einem fremden Land, wo Krieg herrscht und überall Heckenschützen und Selbstmordattentäter lauern. Aber deine Ausbildung und deine Erfahrung kannst du nicht einfach ausschalten. Mein Blick schweift automatisch hin und her, auf der Suche nach dem verräterischen Funkeln einer Waffe, der unnatürlichen Wölbung eines Sprengstoffgürtels unter einem Hemd.

Mein Herz rast. Kann sein, dass mein Körper heimgekehrt ist, der Verstand ist jedenfalls noch auf Krieg gepolt.

Meine Familie wartet unten an der Gangway. Lori und Aurora haben Tränen in den Augen. Sie umarmen und küssen mich. Der Geruch ihrer Parfüms vermischt sich in meiner Nase. Ich fühle mich sicher bei ihnen. Sie versuchen, nicht auf die auffällige Narbe an meinem Kinn zu starren. Sie haben sie zwar schon auf Skype gesehen, aber das hier ist live.

Dad zieht mich zu sich ran, er scheint mit den Tränen zu kämpfen. Der General begrüßt mich mit einem schraubstockartigen Händedruck und klopft mir auf die Schulter. »Glückwunsch, mein Junge. Wir sind stolz auf dich. Du machst unserer Familie enorme Ehre.«

Aurora hat den Arm um meine Hüfte gelegt und schmiegt sich an mich. Ihr hellbraunes Haar duftet herrlich. Ich bin so froh, sie zu sehen, so voller Dankbarkeit, dass sie auf mich gewartet hat. Bei vielen anderen haben die Freundinnen das nicht getan. Sie hat mir Briefe geschrieben und Süßigkeiten geschickt und USB-Sticks mit Filmen drauf. Und sie war fast immer da, wenn ich mit ihr skypen wollte. Was ich durchgemacht habe, war schlimm, aber ohne sie wäre es noch viel schlimmer gewesen.

■ ■ ■ ■ ■

Das ist der letzte Stopp auf meiner »Heldentour«. Mein rechter Arm tut schon weh von all den Händen, die ich in der vergangenen Woche schütteln musste. Ich habe gelernt, die linke Hand eng am Körper zu halten und eine lockere Faust zu machen. Auf diese Weise fällt die Verletzung nicht so auf. Aber meine Schwester Lori weiß Bescheid und greift nach meinem Arm.

»Nicht jetzt«, flüstere ich.

Die Leute drängen nach. Mein Körper verkrampft sich. Ich schlucke seit Wochen Medikamente gegen die Angst. Aber selbst mit den Pillen bin ich immer noch extrem nervös. Hier sind viel zu viele Menschen – Freunde der Familie, Nachbarn, unbekannte Gratulanten, die Crew von einem lokalen Fernsehsender.

Bisher hatte ich auf meiner Heldentour immer einen Betreuer, der die Menge in Schach hielt. Heute nicht. Es ist zu laut, zu chaotisch. Sie wollen, dass ich zum Abendessen vorbeikomme. Sie wollen, dass ich ein Interview gebe. Sie gratulieren mir zu meinem Heldenmut und danken mir für meinen Einsatz. Ich habe keinen Überblick, wer mich berührt, mich tätschelt, nach mir greift. Es gibt keine Ordnung, ich habe keinen Platz, keinen Raum zum Atmen.

Aurora schiebt sich zwischen mich und die anderen. Bestimmt spürt sie meine Anspannung, so fest, wie ich ihre Hüfte umklammere. Sie zieht an Dads Ärmel, stellt sich auf die Zehenspitzen und flüstert ihm etwas ins Ohr.

Dads Stirn legt sich in Falten, er wirft mir einen kurzen Blick zu, bevor er sich an das Publikum wendet. »Okay, Leute, danke, dass ihr da seid. Jake freut sich sehr über euren fabelhaften Empfang. Aber lasst ihm etwas Zeit, ja? Es war eine lange Reise und er ist müde. Er ist noch die ganze Woche da, und ich bin sicher, er wird sich um jeden von euch kümmern, aber jetzt muss er erst mal …«

»Moment mal!«, unterbricht ihn der General schroff. »Diese Leute haben alle ihre Zeit geopfert, um herzukommen und hier draußen in der Hitze zu stehen. Das Mindeste, was sie verdienen, sind ein paar Worte unseres Helden.«

Verdammt!

▬ ▬ ▬ ▬ ▬

Was ist ein Held? Ich würde sagen, so ungefähr jeder, der bei der Armee gedient hat. Wahrscheinlich jeder, der im Krieg war. Auf jeden Fall jeder, der mehr als einen Tag in einem vorgelagerten Militärstützpunkt verbracht hat und jedes Mal zum Bunker laufen musste, wenn die Alarmsirene heulte und jemand »Deckung!« brüllte.

»Ahhhhhhhhhhh!« Im staubigen Halbdunkel umklammerte mein Kumpel Skitballs seine Knie und stieß einen Schrei aus,

der uns allen durch Mark und Bein ging. Beim ersten Sirenengeheul waren wir alle sofort in den Bunker gesprungen. Skitballs – Jayden Skinner, dunkelhäutig, lang und dünn – kam als Letzter. Kaum war er drin, warf die erste Raketenexplosion die Panzertür hinter ihm zu. Eine Sekunde später, und er wäre wahrscheinlich in Stücke gerissen worden.

»Alles okay, Skits?«, fragte Morpiss.

Der Schwall von Flüchen, den Skitballs daraufhin ausstieß, war irgendwie beruhigend. Das klang schon eher nach unserem Kameraden, dem Typen, der in die Armee eingetreten war, um von der Anwerbprämie die Kreditkartenschulden seiner Freundin zu bezahlen. Wir warteten, während er tief Luft holte und dabei die Fäuste schloss und öffnete, bis er sich etwas beruhigt hatte. »Verdammt noch mal!«, stöhnte er. »Was für eine Psychoscheiße ist das hier? Tag und Nacht unter Raketenbeschuss. Ich kann nicht mehr schlafen. Ich kann keinen klaren Gedanken mehr fassen. Bin ich hier der Einzige, der durchdreht?«

Wir waren alle am Durchdrehen. Skitballs sprach es nur als Erster laut aus.

»Geh zum Doc. Der gibt dir was«, erklang eine Stimme von weiter hinten aus dem Bunker. Ein grauhaariger, sonnengegerbter Mann mit den Streifen eines Korporals. Für einen Unteroffizier sah er zu alt aus. Aber im Krieg alterte man angeblich zehnmal so schnell.

»Und was genau soll das sein?«, erkundigte sich Skitballs.

Er sollte es bald erfahren. So wie wir alle.

■ ■ ■ ■ ■

Generalmajor a. D. Windborne (Windy) Granger ist mein Großvater, der Vater meiner Mutter und ein berühmter Kriegsheld.

Bei uns nennen ihn alle nur den General, und er erwartet immer noch, dass jeder seine Befehle befolgt. Was die meisten auch tun.

Die Menge hat sich beruhigt und steht erwartungsvoll in der heißen Sonne. Mit das Dümmste, was ich je gelesen habe, war, dass manche Leute das Sprechen in der Öffentlichkeit mehr fürchten als den Tod. Wer das glaubt, hat noch nicht erlebt, wie ein Bleigeschoss mit 2700 km/h auf ihn zugerast kommt. Frag einen Soldaten, ob er lieber vor hunderttausend Leuten die fünf peinlichsten Dinge aus seinem Leben erzählt oder in einem Humvee über eine Sprengfalle mit 40 Kilo Kaliumchlorat rollt. Ich garantiere euch, er hätte ihnen liebend gern offenbart, wie seine Schwester damals ins Bad kam, als er sich gerade einen von der Palme wedelte.

Also tue ich, was der General von mir verlangt. »Danke, dass ihr gekommen seid. Ich fühle mich geehrt, dass ihr euch extra die Zeit genommen habt. Vielleicht habt ihr mich im Fernsehen oder im Internet gesehen, wie ich sagte, dass ich sehr stolz sei, aus Franklin zu kommen, wo die Menschen ein großes Herz und klare Werte haben. Es tut gut, zu Hause zu sein.«

Die Menge jubelt, bis der General die Hand hebt und sie zum Schweigen bringt, damit auch er sich bei ihnen bedanken kann (und sie daran erinnern, dass der Held *sein* Enkel ist). Dann ist es vorbei. Dad fasst mich am Arm und führt mich zum großen schwarzen Mercedes des Generals. Es gibt in Franklin nicht viele Leute, die mit ihrem Wagen auf die Landebahn fahren dürfen. Mein Großvater ist einer von ihnen.

Bevor wir einsteigen, baut sich Sam Washington vor mir auf. Er trägt die Uniform des Junior-Reserveoffizier-Training-Corps samt Lametta und allem. Er ist ein verdienter Golfkriegsveteran und war mein JROTC-Ausbilder an der Highschool. Um die fünfzig Jahre alt und immer noch top in Form. Er schlingt seine kräftigen Arme um mich und meine Krücken und flüstert mit den Lippen dicht an meinem Ohr: »Alles okay, Junge?«

Am liebsten hätte ich gesagt, er soll sich zum Teufel scheren.

Stattdessen sage ich: »Jawohl, Sir.«

Mr Washington entlässt mich aus seiner Umarmung, hält mich aber an den Schultern gepackt. »Und morgen kommst du im Unterricht vorbei«, sagt er laut genug, damit die Umstehenden es hören. »Die brennen alle darauf, deine Geschichte zu hören.«

Welche Geschichte soll ich ihnen erzählen?

Er lässt von mir ab, aber hinter ihm steht noch jemand. Sie trägt ein ausgeleiertes graues T-Shirt und abgeschnittene Jeans und hat ihr Haar zu einem losen Knoten von Dreadlocks zusammengebunden, die wie Tintenfischtentakel auseinanderstehen. »Hi, ich bin Brandi«, sagt sie mit einem strahlenden Lächeln. Ihre haselnussbrauen Augen durchbohren mich. »Ich hab dir gemailt, aber du hast nicht geantwortet. Wahrscheinlich kriegst du ziemlich viele Mails.«

Der General gibt sich keine Mühe, seinen Missmut zu verbergen. Ist er pikiert, weil sie so leger (in seinen Augen: respektlos) gekleidet ist? Oder hat es noch einen einfacheren und schlimmeren Grund: dass sie die »falsche« Hautfarbe hat?

»Ich bin von der *Franklin High Frontier*«, fährt Brandi unbeirrt fort. »Ich weiß, du gibst schon tausend Interviews, aber es wäre echt toll, wenn wir eins für deine ehemalige Highschool machen könnten.«

»Tut mir leid, Miss«, brummt der General. »Jake hat eine lange Reise hinter sich. Jetzt ist nicht der …«

»Oh, ich meine nicht jetzt.« Als sie ihm ins Wort fällt, verengen sich die Augen meines Großvaters und er beißt die Zähne zusammen. Den General unterbricht man nicht. Lustigerweise habe ich das Gefühl, dass sie das weiß. Oder es zumindest spürt. Auf jeden Fall hat sie es getan.

»Vielleicht morgen?«, fragt Brandi. »In der Schule? Ich weiß, dass du vor der JROTC-Klasse sprichst.«

»Gern«, antworte ich.

Der Fahrer hält dem General die Tür des Mercedes auf. Ein Wagen mit Chauffeur gehört zu den Privilegien, die einige Generäle im Ruhestand genießen. Ich gebe Aurora einen Kuss und sage, dass wir uns später sehen, dann steige ich ein. Mit meinem Gips muss ich vorne sitzen. Lori, Dad und der General nehmen hinten Platz.

Als der Mercedes anfährt, rutschen meine Hände automatisch in Richtung Brust, bevor es mir bewusst wird und ich sie in den Schoß lege. Das nennt man Muskelgedächtnis. Als ich das erste Mal mit Brad in einem Humvee fuhr, meinte er, ich solle die Hände in der Schutzpanzerung lassen. Also schob ich sie durch die Armlöcher auf die Brustmuskeln. So saß ich eine Weile da, bis die Hände irgendwann heiß wurden, außerdem fühlte es sich sowieso komisch an. Als ich sie rauszog, warf Brad mir einen missbilligenden Blick zu.

Ein paar Wochen später rammte ein Selbstmordattentäter in einem alten Auto voll mit Sprengstoff einen Humvee direkt vor dem Stützpunkt und jagte die Jungs darin in die Luft. Meine Einheit, die Romeo Squad, hatte an dem Tag Wachdienst, und Brad teilte uns für das Einsammeln von Verwundeten ein. Sein Blick glitt an mir vorbei, hielt dann inne und kehrte zu mir zurück, als wäre ihm gerade etwas eingefallen. »Vor allem Sie, Private Liddell. Gehen Sie raus und sammeln Sie die Einzelteile ein. Und zwar alle.«

Er meinte nicht die Teile des Humvees.

Es war so ziemlich das Schlimmste, was ich je gemacht habe.

Eine der vielen Aufgaben, die man in keinem Armee-Werbefilm zu sehen bekommt. Morpiss und ich mussten uns beide übergeben. Ein paar andere weigerten sich von Anfang an. Und natürlich, als hätte Brad es gewusst, fand ich eine Hand.

Und jetzt hier im Mercedes will Lori *meine* Hand sehen, die zum Glück noch Teil meines Körpers ist.

Ich lege den linken Arm über den Sitz. An meiner Hand fehlen der kleine Finger und das Endglied vom Ringfinger. Ich höre ein lautes Schniefen. Lori fängt an zu weinen. Als ich mich umdrehe, begegne ich Dads Blick. Ich frage mich, ob er dasselbe denkt wie ich. Einen Finger zu verlieren ist nichts, verglichen mit dem, was andere verloren haben. Ich gäbe meinen linken Arm her, wenn Morpiss dafür die Hälfte von dem, was er geopfert hat, zurückbekäme.

Und Skitballs.

Und Clay.

Wofür?

»Alles okay bei dir?«, fragt Dad.

»Natürlich ist alles okay«, sagt der General. »Der Junge ist verdammt noch mal ein Kriegsheld.«

DER GENERAL

Der General war Unteroffizier in Vietnam. Seine Einheit geriet im Dschungel in einen Hinterhalt, bei dem der Gruppenführer getötet wurde. Mein Großvater übernahm das Kommando, teilte die Gruppe auf und suchte unter Feuerschutz mit der einen Hälfte nach Verstärkung. Es war ein erbittertes Gefecht, teilweise Mann gegen Mann. Obwohl er an der Schulter und am rechten Arm verwundet wurde, gab mein Großvater nicht auf. Nachdem die Einheit auf Verstärkung getroffen und aus dem Rückzug in den Angriff übergegangen war, kämpfte er weiter und verzichtete auf jede medizinische Behandlung.

Man verlieh ihm den *Bronze Star*. Ich frage mich, ob er sich damals genauso seltsam gefühlt hat wie ich jetzt. Obwohl, Quatsch. Mein Großvater war schon immer überzeugter Soldat.

Wahrscheinlich ging es mir auch mal so. Jetzt nicht mehr.

Bei der Armee sind sie noch am Überlegen, welche Art von Tapferkeitsmedaille ich bekommen soll. Angeblich ist der *Silver Star* im Gespräch. Eins höher als der *Bronze Star*. Eine Stufe über dem General. Kann ich das ablehnen?

- - - - -

Auf dem Nachhauseweg vom Flughafen begrüßen mich die Schilder vor den Fastfood-Läden, vor der Autowaschanlage und der Grundschule: »Willkommen zu Hause, Jake Liddell, unser Held.«

In der Auffahrt vor unserem Haus funkelt ein silbergrauer Jeep Wrangler in der Sonne. Mir ist nicht bekannt, dass Dad oder Lori sich ein neues Auto gekauft hätten. Das Garagentor steht offen, drinnen stehen Dads Cherokee und Loris Honda.

Der Mercedes parkt hinter dem Jeep. Niemand steigt aus.

Ich spüre, wie mir jemand vom Rücksitz eine Hand auf die Schulter legt. »Den hast du dir verdient, Junge«, sagt der General.

Meint er das ernst?

Wir klettern aus dem Wagen. Der Jeep riecht, als käme er direkt aus dem Autohaus. Ich bin überwältigt. Schon als Lori und ich noch klein waren, hat Dad klargestellt, dass wir keine Familie sind, in der die Kinder alles kriegen, was sie haben wollen. Ein paar von den Nachbarkids bekamen Autos, kaum dass sie fahren durften. Wir kriegten Tipps, wo wir von unserem Ersparten einen guten Gebrauchtwagen kaufen konnten.

»Das wäre nicht nötig gewesen, Sir«, sage ich zum General. Normalerweise würde ich ihn jetzt umarmen, aber das hasst er fast genauso, wie wenn man ihn Opa nennt. Also lasse ich wieder seinen schmerzhaften Händedruck über mich ergehen.

»Du hast es verdient«, wiederholt er. »Du bist jetzt ein echter Soldat.«

Es ist kein Zufall, dass er das vor meinem Vater sagt, der seine militärische Laufbahn als sogenannter PowerPoint Ranger verbracht hat, obwohl er ganz andere Pläne hatte. Dad ist Oberstleutnant auf dem Stützpunkt hier in Franklin, und der General verpasst keine Gelegenheit, ihn daran zu erinnern, dass er nur ein Bürohengst ist. Er war nie im Krieg, hat nie eine Schlacht erlebt, so wie »echte« Soldaten.

Der General sieht auf die Uhr. »Jetzt hast du erst mal Fronturlaub, Junge.« Er marschiert zurück zu seinem Mercedes, wo ihm der Fahrer die Tür aufhält. Und dann ist er weg.

Dad, Lori und ich stehen in der Auffahrt neben dem neuen Wagen. Der völlig unnötig ist … und wenn ich den Mumm aufbringen würde zu tun, was ich glaube tun zu müssen, dann wäre ich nicht der Einzige, der das so sieht. Ich hoffe nur, der General hat die Quittung noch.

Ich sehe zu Lori rüber. Sie ist zwei Jahre älter als ich. Bei uns gab es immer diese Bruder-Schwester-Konkurrenz, wer was bekommt. Aber als sich unsere Blicke jetzt begegnen, ist da keine Spur von Missgunst.

»Du hast es wirklich verdient«, sagt sie.

Ich muss kurz weggucken. Als ich wieder hochschaue, runzelt sie die Stirn, als spürte sie, dass etwas nicht stimmt.

»Okay«, sagt Dad. »Dann lasst uns mal reingehen.«

Blue begrüßt mich mit einem zaghaften Schnuppern an der Tür. Ich streichle ihm über den Kopf, und er wedelt ein bisschen mit dem Schwanz, aber nicht so, als wenn er mich erkannt hätte.

»Er ist schon so alt.« Lori will nicht, dass ich traurig bin. »Er schläft fast nur noch.«

Blue ist ganz grau um die Schnauze, und er hat Geschwülste unterm Fell, wie Hunde sie manchmal kriegen, wenn sie alt werden. Er hört auf zu schnuppern und trottet steif davon. Es versetzt mir einen Stich. Nicht, weil er so alt geworden ist. Sondern weil mich sein Anblick an noch etwas erinnert, das sie einem in den Werbefilmen der Armee nicht zeigen – dass wir da drüben die Anweisung hatten, Blues Artgenossen sofort zu erschießen.

Überall liefen wilde Hunde in Rudeln herum. Knochige, räudige, schlimm aussehende Viecher. Und da wir nicht nur den Feind bekämpfen, sondern auch das Vertrauen der Bevölkerung gewinnen sollten, hatten wir Befehl, sie zu töten.

Warum? Aus Respekt. Um den Leuten zu zeigen, dass wir für sie da waren.

Um das zu verstehen, musste man gesehen haben, was diese halb verhungerten Tiere mit den Leichen anstellten.

▬ ▬ ▬ ▬ ▬

»Was ist das?« Ich stehe in der Tür zu unserem Wohnzimmer und muss erst mal durchatmen. Stühle und Sofa sind beiseitegerückt worden, um Platz für ein Pflegebett zu machen.

Dad zuckt entschuldigend mit den Schultern. »Wir waren nicht sicher, ob du die Treppe hochkommst, Jake.«

Auf dem Boden stehen zwei große Plastikkisten von der Post, voll mit Briefen und Postkarten.

»Jemand hat unsere Adresse im Internet veröffentlicht«, sagt Lori.

Ein brauner Umschlag liegt auf dem Bett. Ohne Adresse und Briefmarke. Darin steckt eine Liste mit Namen und Telefonnummern.

Lori lächelt. »Das sind die Leute, die angerufen haben.«

Ich kann nicht glauben, was da vor mir liegt. Das sind mehr als ein Dutzend Seiten. Hunderte von Namen und Nummern. »Hast du die abgetippt?«

»Der Anrufbeantworter war voll«, erklärt sie. »Ich musste sie aufschreiben und löschen.«

Sie hätte das nicht tun müssen, aber sie weiß, dass Mom es getan hätte. Nicht zurückrufen gehört sich nicht. Seit Mom vor sechs Jahren an Krebs starb, ist Lori halb Mutter, halb Schwester und einer der wenigen Menschen, mit dem ich über so ziemlich alles reden kann.

Dads Telefon klingelt, und als Blue bellt, lässt Lori ihn hinten raus in den Garten. Ich bleibe allein. Das Krankenbett ist lieb gemeint, aber ich bleibe auf keinen Fall hier unten, wo jeder, der zur Tür reinkommt, mich sehen kann. Also gehe ich in mein Zimmer. Mit einem Gipsbein die Treppe hochzusteigen ist gar nicht so einfach. Ich kann nur hoffen, dass das Geländer ordentlich verankert ist. Nicht wie vor ein paar Tagen bei einem Fernsehsender in New York, wo ein Teil des Geländers direkt aus der Trockenbauwand brach. Zum Glück fing mich ein Produktionsassistent auf, bevor ich hinknallte.

Aber unser Haus ist alt und stabil. Die Treppe ist fest verankert. Langsam humpele ich die Stufen hoch.

Mein Zimmer sieht unverändert aus. Dieselben Poster und Möbel. Dieselben Bücher und blöden Trophäen, die man in der Grundschule allein fürs Kommen kriegt. Das Einzige, was sich verändert hat, ist der Mensch, der heute Nacht hier schläft.

Ich hole mein Handy raus und schreibe Alyssa eine Nachricht: *Zu Hause. Muss dich sehen. Wichtig. Melde dich, ok?*

Ich habe ihr von drüben gemailt. Sie hat nicht geantwortet. Ich habe ihr Nachrichten geschrieben. Keine Reaktion. Es gibt ein paar Dinge, die sie über Brad wissen muss. Dinge, die ich mir geschworen habe ihr persönlich zu sagen. Die niemand, der nicht im Krieg war, je wirklich verstehen wird.

Ich werfe das Handy aufs Bett und setze mich. Schiebe die Hände unter den Gips und hebe ihn an, damit ich mich hinlegen kann. Starre zum ersten Mal seit langer Zeit auf die spinnwebenartigen Risse in der Decke.

Das letzte Mal, dass ich auf diesem Bett lag und auf die Risse starrte, war frühmorgens an dem Tag, als ich zum Militär ging. Die Sonne stand noch tief und leuchtete orange hinter den Bäumen. Ich war erst ein paar Stunden zuvor ins Bett gegangen und versuchte, wieder einzuschlafen, da ich einen langen Tag vor mir hatte. Stattdessen lag ich hellwach da und konnte es kaum erwarten, endlich aufzustehen und in den Bus nach Fort Benning zu steigen. Ich wusste, dass das Ausbildungslager kein Zuckerschlecken sein würde, war aber gut auf den Fitnesstest vorbereitet. Ich hatte das Pyramidentraining absolviert, mich gesund ernährt und versucht, wenn auch wenig erfolgreich, meinen Schlafrhythmus zu ändern.

Ich war also wach, als das Handy klingelte. Ich ging davon aus, dass es Aurora war, die unsere letzten gemeinsamen Stunden nutzen wollte. Sie war es aber nicht. Sondern jemand von einer militärischen Abteilung, der ein paar Fragen hatte. Ob ich begraben oder eingeäschert werden wolle. Ob ich Name und Ort des Friedhofs wisse. Was für ein Grabstein? Welche Schrift? Welche persönlichen Gegenstände ich mit ins Grab nehmen wolle. Ob bei der Beerdigung eine bestimmte Musik gespielt werden solle.

Ich weiß noch, wie ich dachte, dass das so ziemlich der schlimmste Empfang bei der Armee war, den man sich vorstellen konnte. Heute denke ich, dass sie dich nur darauf vorbereiten wollen, woran du praktisch jeden Tag während deines Einsatzes denkst.

Und jetzt liege ich wieder hier auf dem Bett. Ich bin froh, zu Hause bei meiner Familie und bei Aurora zu sein, an einem Ort, wo nicht Tag und Nacht feindliche Raketen angejault kommen. Aber ich vermisse meine Jungs. Ich vermisse das beruhigende Gewicht meines Gewehrs im Schoß, die Freundschaft, die Scherze, sogar die gemeinsame Angst. Die Kameradschaft. Morpiss, Skitballs, Magnet, Clay.

Brad …

BRAD

Irgendwo in der Dunkelheit tobte sich jemand an einem Schlagzeug aus. Es war mein erster Abend auf dem Stützpunkt und das Letzte, womit ich hier gerechnet hätte. Ich lief nach dem Abendessen draußen rum, um ein Gefühl für den Ort zu bekommen. Die Basis war von einem Schutzwall aus zwei Meter dicken, mit Erdreich gefüllten Schanzkörben umgeben. Dahinter aufgeschütteter Sand und NATO-Draht. Zu Fuß kam da niemand durch. Auf dem Gelände gab es Barracken, die Kantine, einen Kiosk (wo man Süßigkeiten, Zigaretten und Energydrinks bekam), außerdem Büro- und Lager-Container. Im nördlichen Bereich lagen eine Fahrzeuginspektion und ein Friedhof für die Überbleibsel in die Luft gesprengter Fahrzeuge.

In der Nähe des Autofriedhofs entdeckte ich einen etwa zwei Meter hohen kastenförmigen Bau aus Sandsäcken. Wahrscheinlich passte da gerade mal ein Schlagzeug hinein. Erst dachte ich, es hätte etwas mit psychologischer Kriegsführung zu tun. Soweit ich wusste, beschallte die Armee den Feind gern mit Heavy Metal, zum Beispiel »Back in Black« oder »Enter Sandman«. Angeblich macht die Leute das wahnsinnig und provoziert sie zu spontanen, meist selbstmörderischen Ein-Mann-Angriffen.

Aber was ich an diesem Abend hörte, war einfach lautes, irres Getrommel, ohne sonst irgendetwas.

Ich fand den Eingang und schaute hinein. Dort saß im Mondlicht Brad mit schweißglänzendem Oberkörper und hämmerte auf die Felle ein. Und das Lustige war: Obwohl ich im Dunkeln kaum etwas sehen konnte, wusste ich, dass er es war. Weil ich ihn zu Hause hatte spielen hören.

Ich blieb stehen und sah ihm zu. Als er keine Anstalten machte aufzuhören, trat ich direkt vor die wummernde Bassdrum ... ein Krachen und Knallen wie Artilleriefeuer. Brad trommelte weiter wie ein Besessener. Es dauerte eine Weile, bis er mich wahrnahm.

Er hielt inne und sah mich an. Dann blinzelte er, als würden ihm seine Augen einen Streich spielen. Keuchend wischte er sich mit einem T-Shirt den Schweiß aus dem Gesicht. Schließlich schnaubte er: »Das kann doch nicht wahr sein.«

Brad war aus Franklin. Wir waren auf dieselbe Highschool gegangen.

Wir waren in dasselbe Mädchen verliebt gewesen.

▬ ▬ ▬ ▬ ▬

Sie hieß Alyssa. In der Siebten war ich mit ihr gegangen. Was wussten wir schon von Beziehungen? Na ja, vielleicht wusste Alyssa etwas, ich jedenfalls nicht.

In der Achten war sie der Hammer. Sie bekam dauernd zu hören, dass sie zu irgendwelchen Schönheitswettbewerben gehen sollte, was sie völlig idiotisch fand. Jeder, den ich kannte, war eifersüchtig auf mich.

Brad war in der Elften. Er fuhr eine Corvette und war Drummer bei *The Zombie Horde*, einer Heavy-Metal-Band, die manchmal auch die Lautstärke runterdrehte, um bei Hochzeiten und Schulpartys zu spielen. Irgendwann im Frühling fiel ihm Alyssa auf. Rückblickend gesehen war klar, dass ich keine Chance hatte. Aber damals brach es mir das Herz.

Brad und Alyssa machten schnell Ernst. Als er sich nach seinem Abschluss zur Armee meldete, war sie schwanger. Brad hatte eine vierjährige JROTC-Ausbildung an der Highschool in Franklin gemacht und dann mit dem Dienstgrad E-3 die Grundausbildung angefangen, was bedeutete, dass er besser bezahlt wurde als jemand, der direkt von der Straße kam. Und dass er, wenn er sich für vier Jahre verpflichtete, Anspruch auf ein College-Stipendium hätte, auch wenn das einzige College, auf das Brad je wollte, die University of Heavy Metal war.

Am Tag bevor er eingezogen wurde, schenkte er Alyssa einen Verlobungsring. Alyssa bekam Amber am Ende der zehnten Klasse. Da es an der Franklin High eine Kindertagesstätte gab und Alyssas Eltern sie unterstützten, war sie pünktlich zur Elften wieder in der Schule. Brad kehrte zu dem Zeitpunkt von seiner ersten Stationierung zurück. Manchmal sah ich, wie er Alyssa und Amber morgens an der Schule absetzte.

Gegen Ende des Schuljahres wurde Brad verlegt. Es gab Gerüchte, Alyssa sei stocksauer, weil er sie und Amber im Stich ließ. Dann, in der Zwölften, rauften Alyssa und ich uns zusammen und wurden Freunde. Ich schätze, unter anderem weil wir in der Mittelstufe so viel Zeit miteinander verbracht hatten und uns einfach vertraut waren. Aber als Brad dahinterkam, dass wir uns jetzt wieder öfter sahen, wurde er total eifersüchtig. Verständlicherweise, würde ich sagen. Es war sein zweiter Einsatz, und dort, wo sie ihn hingeschickt hatten, waren die einzigen weiblichen Geschöpfe Kamele und Ziegen.

In Wirklichkeit musste er sich keine Sorgen machen. So eine war Alyssa nicht, außerdem war ich inzwischen mit Aurora zusammen. Aber Brad gab keine Ruhe. Ich schätze, ein bisschen freute ich mich auch, dass er so durchdrehte. Fühlte sich wie so eine Art verspäteter Rache an.

Und jetzt saßen wir hier, auf demselben Stützpunkt, Tausende von Meilen weg von zu Hause. Wie Brad sagte, das konnte nicht wahr sein.

Er warf einen Drumstick hoch in die nächtliche Dunkelheit und fing ihn wieder auf. »Also, Soldat, was, wenn ich fragen darf, hat Windy Grangers Enkel in diesem Drecksloch zu suchen?«

»Ich habe mich verpflichtet.«

»Du meinst: ›Ich habe mich verpflichtet, Staff Sergeant Burrows‹«, korrigierte mich Brad.

Ich nahm Haltung an. Nicht, dass ich nicht wusste, wo ich war. Ich hatte nur vergessen, dass Brad schon ein bisschen länger dabei war. »Verzeihung, Staff Sergeant Burrows.«

»Rühren, Soldat.« Er runzelte die Stirn. »Du hast dich eingeschrieben? Warum?«

»Ich wollte es mir nicht zu leicht machen, Staff Sergeant.«

Als er grinste, leuchteten seine Zähne weiß im Mondlicht. »Du bist ja noch dümmer, als ich dachte, Mann.«

Wie gesagt, es war meine erste Nacht auf dem Stützpunkt. Und das erste Mal seit einer Ewigkeit, dass ich Brad begegnete. Es war weder der richtige Zeitpunkt noch der Ort, um mich näher zu erklären. Außerdem hatte ich in dem Moment ganz andere Sorgen. »Staff Sergeant Burrows, darf ich Sie um einen Gefallen bitten?«

»Nur zu, Soldat.«

»Staff Sergeant, ich hoffe inständig, dass niemand das mit dem General erfährt. Ich fürchte, es würde mir das Leben hier sehr schwer machen.«

Brad saß hinter seinem Drumset und wirbelte einen Stick zwischen den Fingern herum. Mir fiel kein Grund ein, warum er mir meinen Wunsch hätte erfüllen sollen. Es war ja nicht so, als würde ich als Nächstes sagen: »Das ist das Mindeste, was du für mich tun kannst, nachdem du mir die Freundin ausgespannt hast.« Ich hatte bloß Angst davor, die ganze Zeit gehänselt zu werden, sobald sich herumsprach, wer mein Großvater war.

Brad wusste, dass er mich an den Eiern hatte, jedenfalls die nächsten acht bis zwölf Monate. Er legte den Kopf in den Nacken und sah hoch in den sternenübersäten Nachthimmel. Dann trommelte er wieder auf die Felle ein.

Al Jahim

»Jake! Mich hat's erwischt!« Irgendwo rechts von mir höre ich Skitballs schreien.

Ich habe mich in den Trümmern des Humvees verschanzt, geschützt von der Karosserie und einer offenen Tür. Kugeln schwirren vorbei und schlagen irgendwo ein. Ich spüre brennende Schmerzen in Beinen, Rücken und Armen, offenbar habe ich mehr Granatsplitter abbekommen, als ich ursprünglich dachte. Sosehr es auch wehtut, bewegen kann ich mich noch.

Links und rechts steigen am Straßenrand dicke Rauchwolken auf. Die Sprengfallen, die unseren Konvoi in die Luft gejagt haben, müssen verkettet gewesen sein. Die Bomben sind in einem Umkreis von hundert Metern hochgegangen, als die Wagen direkt darüberfuhren. Die Aufständischen haben sich auf die Lauer gelegt und auf die Soldaten gewartet, die das Glück hatten, die Explosionen zu überleben.

»Jake!«, schreit Skitballs noch mal. Ich weiß nur, dass seine Stimme von rechts kommt – wie weit weg, kann ich nicht sagen. Wenn ich den Kopf zu weit hebe, schießen sie ihn mir weg. Aber egal wo Skitballs ist, er scheint geschützt vor dem gegnerischen Feuer zu sein, sonst hätten die Rebellen ihn längst abgeknallt.

»Clay! Magnet!«, rufe ich.

Schüsse zerreißen die Luft. Das Feuer kommt aus allen Richtungen. Wer immer von unserer Seite aus schießt, hält die Aufständischen auf Distanz. Am lautesten ist es rechts, hinter einer Lehmmauer mit mehreren Torbögen entlang der Straße.

»Oh Gott, Jake!«, schreit Skitballs.

»Clay! Magnet!«, brülle ich noch mal, so laut ich kann. Keine Reaktion. Meine Gedanken gehorchen einer primitiven Logik. Solange der Feind von hinter der Mauer schießt, komme ich nicht zu Skitballs. Also muss ich erst den Feind auslöschen. Ich werfe eine Blendgranate über die Mauer, springe auf und renne durch den nächsten Torbogen. Die Schmerzen bremsen mich, dafür bin ich voll auf Adrenalin. In dem kleinen Hof, in den ich die Granate geworfen habe, sind zwei Schützen. Einer liegt eingerollt auf der Seite, die Augen zusammengekniffen, die Hände auf die Ohren gepresst. Der andere ist auf allen vieren und greift blinzelnd nach seiner Kalaschnikow, die ein Stück weiter im Staub liegt.

Ich erschieße erst ihn und wende mich dann dem anderen zu. Schießt man auf einen Wehrlosen, der vor einem auf der Erde liegt? Vor ein paar Sekunden hat er versucht, mich zu töten. Und gleich, wenn er sich wieder gesammelt hat, wird er es noch mal versuchen.

Ich drücke ab. Im Trainingslager bringen sie dir bei, wie du dich dem militärischen Ehrenkodex entsprechend im Kampf zu verhalten hast. Nichts davon spielt auch nur irgendeine Rolle, wenn es heißt: Er oder du. Niemand von uns, der noch am Leben ist, kämpft in diesem Moment für Amerika. Uns geht es weder um Demokratie noch um Frieden. Wir sind nichts als ein Haufen verängstigter 19- und 20-Jähriger, die alles tun, um am Leben zu bleiben.

Etwas trifft mich von hinten, sodass ich der Länge nach hinknalle. Es fühlt sich an wie ein Vorschlaghammer. In Erwartung eines Angreifers rolle ich auf den Rücken.

Ich sehe nur den leeren Hof und über mir den blauen Himmel.

Klatsch! Eine Kugel schlägt nur wenige Zentimeter neben meinem Kopf in den Boden und spritzt mir Staub in die Augen. Jetzt weiß ich, was mich in den Rücken getroffen hat. Die Kugel eines Heckenschützen. Gott und Keramikplatten sei Dank gibt es Schutzwesten. Aber wo ist der Schütze? Wahrscheinlich auf einem Dach.

Ich rolle über den Boden. Klatsch! Die nächste Kugel trifft genau auf die Stelle, wo eben noch mein Kopf lag.

Ich rolle in den Schatten. Die Schüsse stoppen. Ich liege unter einer Veranda. Raus aus der Sonne und aus der Sicht des Heckenschützen.

Er muss davon ausgehen, dass er mich nicht getroffen hat.

Ich muss davon ausgehen, dass er versuchen wird, die Sache zu Ende zu bringen.

BRAD

Der Stützpunkt lag an einem Steilhang über einem Tal, das zwei feindliche Provinzen miteinander verband. Die Aufständischen waren also gezwungen, Männer und Ausrüstung über die benachbarten Berge zu transportieren – was sehr viel mühsamer und langsamer war. Aus Unmut darüber, dass wir ihr Tal blockierten, verging kaum ein Tag, an dem sie nicht ein Dutzend Raketen in unsere Richtung abfeuerten.

Als Erstes lernte man, wo die Bunker lagen. Das Gute war, es gab eine ganze Menge davon, alle tief in den Boden gegraben und ordentlich befestigt. Wenn die Sirenen heulten oder jemand »Deckung!« rief, stürzte man zum nächsten Bunker und verbarrikadierte sich dort.

Während in den ersten Wochen alle mit einem Knoten im Magen rumliefen und auf den nächsten Raketenangriff warteten, waren es bei mir zwei. Jedes Mal, wenn mich jemand komisch ansah oder grinste, befürchtete ich sofort, dass Brad herumerzählt hatte, wer mein Großvater war. Aber wie sich herausstellte, irrte ich mich. Brad erzählte es keiner Menschenseele.

Wir gingen uns aus dem Weg. Nicht dass wir uns nicht gesehen hätten. So groß war der Stützpunkt nicht, man aß zusammen in der Kantine und hing im Gemeinschaftsraum ab. Und natürlich hörte ich ihn immer, wenn er trommelte. Wenn die Jungs Dampf ablassen mussten, konnten sie Gewichte stemmen und boxen gehen. Oder Basketball spielen. Oder auf die Drums einprügeln.

Der Schutzwall aus Schanzkörben sollte uns vor gegnerischem Feuer schützen. Die Sandsäcke um das Schlagzeug schützten uns vor dem Lärm.

■ ■ ■ ■ ■

Als ich auf meiner »Heldentour« gefragt wurde, was die Armee unternahm, um das Leben im Kriegsgebiet erträglich zu machen, antwortete ich, wir hätten richtige Betten mit Matratzen gehabt statt Feldbetten. Und dass dank der starken Dieselgeneratoren die Klimaanlagen selbst bei Temperaturen über 45 Grad funktionierten. Dass wir sonntags manchmal Steak zum Abendessen bekamen und zum Nachtisch Eis.

Ich erzählte ihnen weder von den Pillen noch von dem Abend, an dem ich im Gemeinschaftsraum Billard spielte und Brad völlig weggetreten hereinstürmte und sich vor mir aufbaute. Als Soldaten im Dienst durften wir weder trinken noch irgendwas nehmen, das uns nicht die Ärzte gegeben hatten. Deren Medikamente waren allerdings relativ stark, und jeder konnte sehen, dass Brad total drauf war. Alkohol war es nicht, das hätte ich gerochen. Außerdem wirkte er eher aufgedreht als groggy. Sein Blick war wild, und er keuchte und schwitzte, als hätte er gerade eine Stunde auf die Felle eingedroschen.

Nur dass ich an dem Abend kein Schlagzeug gehört hatte.

»Hast du sie angerührt, als ich weg war?«, brüllte er. Der ganze Raum verstummte. Ich wischte mir seine Spucke aus dem Gesicht und fragte mich, ob Brad merkte, dass seine Fäuste auf und zu gingen. Ich vergewisserte mich kurz, dass er nicht bewaffnet war, und lehnte mich ein Stück zurück. Meine Hand lag auf dem Billardqueue auf dem Tisch hinter mir. Zum Glück waren wir nicht allein, denn wenn ich ihm eins über den Schädel hätte geben müssen, brauchte ich Zeugen, die bestätigten, dass ich in Notwehr gehandelt hatte.

»Und?« Er wollte es wissen. Sein Gesicht war knallrot.

»Nein, Staff Sergeant Burrows«, sagte ich ruhig.

»Ganz sicher?«

»Ja, Staff Sergeant.«

»Und was, wenn ich etwas anderes gehört habe?«

Das verunsicherte mich kurz. Bis ich mir sagte, dass sich das alles nur in seinem Kopf abspielte. »Dann hat jemand gelogen, Staff Sergeant Burrows.«

Er starrte mich an und zog immer noch die Luft ein, als wäre er gerade hundert Meter in zwölf Sekunden gerannt. Ich starrte zurück. Mir war mittlerweile klar geworden, dass er niemandem von meiner berühmten Verwandtschaft erzählen würde. Dafür war ich ihm dankbar. Ansonsten war ich damals noch ein ziemliches Greenhorn und daher einigermaßen entspannt unterwegs. Es brauchte also schon etwas mehr als einen durchgeknallten unbewaffneten Unteroffizier, um mich aus der Ruhe zu bringen.

LORI

»Wir können auch den hier nehmen«, sagt Lori. Wir stehen in der Auffahrt, neben dem neuen Jeep. Da ich nicht selbst fahren kann, muss sie mich zur Highschool bringen.

Ich schüttele den Kopf. Ich will nicht riskieren, das Heldengeschenk des Generals mit einer Beule zu verzieren, bevor ich es sowieso zurückbringe.

Lori wirft mir einen fragenden Blick zu. Sie weiß, dass ich normalerweise alles dafür geben würde, in so einem Wagen zu fahren. »Ist das nicht das Auto, von dem du immer geträumt hast?«

»Yepp.«

»Und?«

Als ich mit den Schultern zucke, kneift sie die Augen zusammen. »Du verschweigst mir etwas, Jake.«

Ich hatte noch keine Gelegenheit, sie in meinen Plan einzuweihen. Sieht so aus, als wäre der Augenblick gekommen. »Wir nehmen deinen Wagen. Ich erzähl's dir unterwegs.«

MR WASHINGTON

»Wie ist es denn so da drüben?«

Da ist die Frage, vor der ich mich gefürchtet hatte. Ich sitze vor der JROTC-Klasse. Mr Washington steht stramm neben der Tür, in Uniform, die Hände hinter dem Rücken verschränkt. Keine Klasse in dieser Schule hat eine bessere Haltung. Die Kids tragen alle Uniform und sitzen aufrecht auf ihren Stühlen. Vor Kurzem noch war ich einer von ihnen.

Es ist *eine* Sache, wenn Journalisten einen fragen, wie es da drüben so ist. Denen kann ich meine Standardantworten geben: *Es ist nicht leicht, aber wir machen Fortschritte. Ich bin stolz, dass wir eines der Länder sind, die sich der Bedrohung entgegenstellen …*

Doch hier sitzen Schüler, die vielleicht als Nächste dran sind. Ich bin nur ein Jahr älter als manche von ihnen, aber sie sehen noch so jung aus. Mein Blick schweift über die leuchtenden Gesichter. Manche haben Pickel. Manche rasieren sich noch nicht mal. *Wer von euch ist in einem Jahr noch am Leben? Wer von euch hat dann noch alle vier Gliedmaßen? Wer von euch kommt in einem Sarg mit Flagge nach Hause?*

Es heißt ja, man weiß nicht, was die Zukunft bringt, aber eins weiß ich mit Sicherheit: Einer von denen hier ist nächstes Jahr tot.

Mr Washington sieht mich an und wartet auf meine Antwort. Mr Washington, der mich einst zur Seite nahm und voller Überzeugung erklärte, meine Zukunft bei der Armee sei »grenzenlos«.

Eines Tages würde ich Generalmajor sein, wie mein berühmter Großvater.

In der Kursbeschreibung steht, das JROTC sei keine Vorbereitung auf das Militär, auch wenn Uniformen und Ränge dort die Regel sind. Auch wenn die Ausbilder alle ehemalige Soldaten sind und das Programm von der Armee mitfinanziert wird. Auch wenn den Kursteilnehmern so ziemlich alles beigebracht wird, was man beim Militär können muss. Exerzieren in militärischen Formationen. Scheinpatrouillen.

Natürlich ist das Vorbereitung aufs Militär. Es gibt sogar Waffentraining. Die *National Rifle Association* ist am JROTC beteiligt. Im Gegenzug ermuntert das JROTC die Kadetten dazu, der NRA beizutreten und an Schießwettbewerben teilzunehmen.

Ich wette, fast jeder hier in dieser Klasse hat vor, sich zu verpflichten, genau wie ich. Warum? Weil jemand die radikalen Extremisten stoppen muss, die jeden töten wollen, der nicht mit ihrer völlig verzerrten Weltsicht einverstanden ist. Ich weiß nicht, wie viele Truppen andere Länder in den Kampf geschickt haben, aber die Rede ist von einer »US-geführten Koalition«. Ich vermute, das könnte bedeuten, dass der Großteil der Truppen dort Amerikaner sind. Wie schon so oft in der Geschichte bleibt die Drecksarbeit mal wieder an den USA hängen. Und wie machen wir das? Mit einer Streitmacht aus unschuldigen Kindern, die keine Ahnung haben, worauf sie sich einlassen.

Aber anders geht es doch gar nicht, oder? Denn wenn die Kids tatsächlich wüssten, wofür sie sich da einschreiben, dann würden sie es nicht tun. Und wenn sie sich nicht einschreiben, haben wir keine Armee. Und wenn wir keine Armee haben, gewinnen die Bösen.

Die Klasse wartet. *Komm schon, Jake, wie ist es so da drüben?*

Wir haben auf dem Stützpunkt jeden Moment in dem Wissen

gelebt, dass es unser letzter sein könnte. Man musste nur zur falschen Zeit am falschen Ort sein, wenn eine chinesische oder russische Rakete einschlug. Und man konnte nur hoffen, dass man zu den Glücklichen gehörte. Wie Magnet, der so genannt wurde, weil er Angriffe regelrecht anzog, egal wohin er ging. Einmal war er auf dem Scheißhaus, als ein Blindgänger durchs Dach knallte und in die Toilette ihm gegenüber krachte. Das Ding zersprang in tausend Stücke.

Wenn man seitdem am Scheißhaus vorbeikam und draußen eine Schlange mit Typen stand, die sich die Eier hielten, als würden sie sich jeden Moment in die Hose pissen, wusste man, dass Magnet drin war. Niemand traute sich reinzugehen, wenn er da war.

Jedes Mal, wenn wir den Stützpunkt verließen, wussten wir, dass es das letzte Mal sein konnte. Alle hatten wir irgendwelche Talismane oder wiederholten Rituale, die uns Glück bringen sollten. Viele rauchten ihre »letzte Kippe«, andere machten makabre Witze, stopften sich Kautabak in die linke Backe oder gingen auf die Knie und beteten. Nach drei Monaten schluckten nicht wenige von uns Tabletten, ob gegen Schlaflosigkeit, Durchfall oder zur Beruhigung.

Die gegen Schmerzen, Depressionen und Nachtangst kamen erst später.

Wir wurden auf asymmetrische Kriegsführung vorbereitet. Im Stützpunkt nannten sie es »360-Grad-3-D-Krieg«. Anders als früher, wo es eine Front gab und man wusste, dass dahinter der Feind lag. Auch anders als das, was ich über den Dschungelkrieg in Vietnam gehört hatte.

Dieser Krieg hier ist wie ein Raum des Schreckens. Man geht in eine Stadt und muss damit rechnen, überall und aus allen Richtungen von Aufständischen beschossen zu werden. Von Hauseingängen, Fenstern und Dächern aus. Mörsergranaten von oben, Sprengfallen von unten. Und da es keine Front gibt, weiß man auch nicht, wo man sich in Sicherheit bringt.

Bei meinem ersten Sonntagsgottesdienst auf dem Stützpunkt fragte der Pfarrer, ob wir auf den Tod vorbereitet seien. Denn wenn nicht, sei es höchste Zeit. Kein Tag verging, an dem wir uns nicht fragten, wie es wohl passieren würde. Die Raketenexplosion. Die Heckenschützenkugel. Die Sprengfalle. Die Mörsergranate. Die Panzerfaust. Der Schuss in den Kopf, der einem sofort das Licht ausknipst. Der Schuss in die Leistengegend, bei dem man langsam verblutet. Der ultraschallschnelle Granatsplitter, der einem das Bein, den Arm, den Kopf abreißt. Das 15-kg-Artilleriegeschoss, das nichts als rosa Sprühregen hinterlässt.

Uns würde es schon nicht erwischen, es waren immer die anderen. Dauernd wurden Soldaten beschossen oder in die Luft gejagt. Manche hatten grauenhafte Verletzungen. Andere waren sofort tot. Aber warum sollte es nicht einen von uns treffen? Gab es Glück ohne Unglück?

Und dann traf es doch einen von uns: Morpiss.

Und dann den Nächsten.

Bis kaum noch einer übrig war.

Mr Washingtons Räuspern holt mich zurück in den Klassenraum. Zurück zu den aufrechten, rotwangigen Kids, die es kaum erwarten können, ihre wie auch immer gearteten edlen Fantasien vom Krieg auszuleben.

Also, wie ist es?

Was ich nicht sagen kann: Wenn du erst mal da bist, dauert es nicht lange, bis dir klar wird, dass Krieg nicht das ist, was du dir darunter vorgestellt hast. Bis du dir sehnlichst wünschst, du wärst nie hergekommen. Bis du nachts zitternd vor Angst im Bett liegst und ganz kurz davor bist, laut nach deiner Mami zu rufen.

Vielleicht bist du einer von denen, die irgendwann zusammenbrechen. Oder durchdrehen. Oder nach Hause geschickt werden.

Warum? Weil du schreckliche Dinge sehen wirst. Das Fahrzeug mit deinen Kameraden drin, das vor deinen Augen in die Luft fliegt. Männer in Flammen, die versuchen wegzurennen, aber nicht weit kommen, weil sie vorher abgeknallt werden oder verbrennen. Du siehst Blut aus Stümpfen spritzen, wo vorher Beine, Arme oder Köpfe waren. Du siehst Kinder sterben. Auch darauf »vergisst« die Armee dich in der Grundausbildung vorzubereiten. Sie bringen dir bei, auf ein Ziel zu schießen. Sie bringen dir bei, Handgranaten auf vermeintliche Mörser zu werfen. Aber sie zeigen dir nicht, wie die Leiche eines verstümmelten blutenden Kindes aussieht.

Ein paar von euch werden sich wünschen, sie hätten Sport gewählt und nicht diesen Kurs hier.

»Es ist … es ist hart«, höre ich mich sagen. »Es ist Krieg. Das kann ganz schön beängstigend sein. Aber irgendwer muss es machen.«

Ich sehe zu Mr Washington rüber, der zustimmend nickt. Als Schüler war es genau dieses Nicken, wonach ich mich gesehnt hatte. Bevor er JROTC-Ausbilder wurde, war Mr Washington im Irak Kommandeur eines Fünftonners, vorne und hinten mit 50er-Kaliber-Maschinengewehren ausgestattet. Sein Job war es, Konvois zu begleiten.

Er erzählte uns, dass oft auf sie geschossen wurde. Für uns klang das cool. Konvois beschützen. Sich Schusswechsel mit dem Feind liefern.

Erst drüben stellte ich fest, wie begrenzt seine Erfahrungen waren. Die Konvois, die Mr Washington begleitet hatte, kamen selten überhaupt nur ansatzweise in die Nähe von rebellenverseuchten Dörfern. Und in seinem Panzerfahrzeug war er gut geschützt gewesen. Wenn es ein Feuergefecht gegeben hatte, dann aus der Distanz. Wahrscheinlich zu weit weg, um mit Sicherheit sagen zu können, ob es auf der anderen Seite wirklich jemanden erwischt hatte.

Weitere Fragen werden gestellt. Mit meinen Antworten bewege ich mich auf dünnem Eis. Ich will das Militär nicht schlechtmachen, kann hier aber auch nicht rausgehen und denken, dass ich die Leute zu etwas ermutigt habe. Jeder, der sich nach der Schule verpflichtet, kann innerhalb von sechs Monaten tot sein. Ich will nicht das Blut dieser Kids hier an meinen Händen kleben haben.

Erleichterung durchströmt mich, als es endlich klingelt. Wieder eine Verpflichtung erfüllt. Ein Mühlstein weniger um den Hals. Ein Schritt weiter in Richtung Erlösung.

Die Schüler verlassen den Raum. Ein paar bedanken sich, dass ich da war. Ein paar sehen mich einfach nur ehrfürchtig an. Sie schauen auf meinen Gips und die Narbe am Kinn. Oder riskieren einen Blick auf meine entstellte Hand.

Schließlich sind nur noch Mr Washington und ich da. Mein Magen zieht sich kurz zusammen. Der alte Instinkt, ihm gefallen zu wollen. Dann denke ich daran, wo ich die letzten sechs Monate war, und entspanne mich. Ich bin es, der den Krieg hautnah erlebt hat. Ich bin hier der Held.

»Tut mir leid, Jake, muss eine harte Zeit für dich gewesen sein.« Mr Washington legt mir die Hand auf die Schulter. »Wir sind alle stolz auf dich.«

Ich setze ein grimmiges Lächeln auf und kämpfe gleichzeitig gegen den Impuls an, ihn sonstwohin zu schicken. Ich balle die Fäuste, kneife kurz die Augen zusammen und hole tief Luft. Mr Washington steht nur eine klitzekleine Stufe über all den Unbekannten, die mir für meinen Einsatz danken, ohne auch nur einen Funken Ahnung zu haben, was das bedeutet. Es ist sicher gut gemeint, aber diese Leute begreifen nicht, dass »Einsatz« eben häufig bedeutet, dass man am Ende entweder tot oder ein körperlicher und seelischer Krüppel ist. Es bedeutet, dass man nie mehr derselbe sein wird. Mr Washington hat wenigstens selbst gekämpft, wenn auch in begrenztem Ausmaß. Ich bezweifle allerdings, dass er jemanden kennt, der erlebt hat, was wir erlebt haben.

Warum? Wenn er wirklich wüsste, was ich durchgemacht habe, würde er nicht hier stehen und JROTC unterrichten. Er würde den jungen Leuten vielmehr raten, einen großen Bogen um das Militär zu machen.

Wir geben uns die Hand, er bedankt sich für mein Kommen. Ich bin noch etwas benommen von meinem plötzlichen Wutanfall. So etwas kann schnell passieren, und ich bin nicht immer darauf vorbereitet. Draußen klingelt es zum zweiten Mal, die Schüler laufen zurück in die Klassen. Ich bin allein. Nur Wände mit blauen Schließfächern und Türen aus Holz. Die Gummi-Enden meiner Krücken treffen auf den Boden. Mein linker Fuß schleift über die Fliesen.

Die Wut darüber, was mir und meiner Einheit passiert ist. Die Last, den Vorstellungen der anderen von einem Helden gerecht zu werden. Es laugt einen aus. Der Flur hier ist nicht das Einzige, was sich leer anfühlt.

BRANDI

Wie geht's?«, begrüßt mich Brandi von der *Franklin High Frontier*. Ihr Interview für die Onlinezeitung der Schule steht als Nächstes auf meiner Heldentour-Agenda. »Ich meine, nach *fünf* Operationen?«

»Ich … ganz okay.« Die Frage kommt unerwartet. Ich habe in den letzten Wochen Dutzende von Interviews gegeben, aber nur wenige Interviewer wussten, wie oft ich in Landstuhl operiert wurde. Brandi hat ihre Hausaufgaben gemacht.

Wir sitzen in einem kleinen verglasten Raum in der Bibliothek. Statt einem ausgeleierten T-Shirt und Shorts trägt Brandi heute enge Jeans und ein Designer-Top, das nicht viel der Fantasie überlässt. Ihr langes schwarzes Haar fällt in Locken auf ihre Schultern.

»Das klang etwas zögerlich«, sagt sie.

Ich klopfe mit den Knöcheln auf meinen Gips. »Bin noch nicht ganz wiederhergestellt.«

Sie nickt. »Was hältst du wirklich vom Krieg?«, fragt sie dann unverblümt.

Fast jeder Interviewer bisher war respektvoll und wohlwollend. Der vom hiesigen TV-Sender heute Morgen hat sich regelrecht eingeschleimt. Was nicht wirklich verwunderlich ist. Franklin ist eine Militärstadt. Der Armeestützpunkt ist der größte Arbeitgeber. Alles, was mit der Armee zu tun hat, steht bei den Menschen hier hoch im Kurs.

Irgendwie komisch, dass erst jemand von der Highschool kommen muss, um mir ein paar unbequeme Fragen zu stellen. »Du redest nicht lange um den heißen Brei herum, was?«, frage ich amüsiert.

Sie lächelt dünn. »Hättest du es gern etwas banaler? Bist du froh, wieder zu Hause zu sein, Jake? Hast du das Essen hier vermisst?«

Sie klingt fast sarkastisch.

»Findest du, wir sollten uns da raushalten?«, frage ich.

Sie lehnt sich zurück und seufzt. »Nein, nicht unbedingt. Ich denke nur ... Hast du das Gefühl, dass wir irgendwie Fortschritte machen?«

Interessant. Die Hälfte der »professionellen« Interviewer wollte nur wissen, wie es sich anfühlt, ein Held zu sein. (Kann ich immer noch nicht sagen.) Ob ich Angst hatte. (Scheiße, ja.) Ob ich dachte, ich würde sterben. (Dauernd, und aus gutem Grund.)

Aber das Ding ist, seit dem Hinterhalt hatte ich zu viel Zeit zum Nachdenken. In Krankenhausbetten. In allen möglichen Flugzeugen, vom C-130-Transporter bis zur kleinen Viersitzer-Propellermaschine, in denen ich durch die Gegend geflogen bin. Auf den Rückbänken diverser Autos. Die ganze Zeit habe ich nichts anderes getan, als nachzudenken. Machen wir Fortschritte? Wenn es ein Fortschritt ist, dort drüben das Leben junger Amerikaner zu opfern, damit sie nicht hier sterben, dann vielleicht. Als Angehöriger der Streitkräfte fühle ich mich zum Teil auch verpflichtet, die Antwort zu geben, die man von mir erwartet. Aber ein anderer, persönlicherer Teil von mir fragt: Was ist mit Brad, mit Morpiss, mit Skitballs? Was ist mit den ganzen jungen Männern und Frauen, die mit entschlossenem Blick und Pflicht- und Ehrgefühl im Herzen (mal ganz abgesehen von der dicken Prämie in der Tasche) zur Armee gegangen sind? Die jetzt tot oder für immer verkrüppelt sind? Wer fragt die, ob sie glauben, dass es das wert war?

Was bringt einem die Anwerbungsprämie, wenn man sie nicht mehr ausgeben kann?

Je länger Brandi auf meine Antwort wartet, desto höher heben sich ihre sorgfältig gezupften Augenbrauen.

»Bin ich dir wieder zu zögerlich?«, frage ich.

Ihr Blick springt auf die Aufnahme-App auf ihrem Handy.

»Ja, ich denke, wir machen Fortschritte, was den Feind betrifft.« Da ist sie – die offizielle Antwort, die man von mir erwartet. *Du hast nicht mehr viel Zeit, Jake. Wann willst du das sagen, was man nicht von dir erwartet?*

Unsere Augen treffen sich. Ich vermute, Brandis durchdringender Blick fragt … nein, *sagt,* dass sie den Verdacht hat, dass das, was ich gerade geantwortet habe, nicht unbedingt das ist, was ich wirklich denke. So wie Lori es schon vor der Fahrt hierher gespürt hat. In diesem Moment wird mir klar, dass ich zu leichtsinnig bin. Brandi ist die erste hübsche und kluge Interviewerin, der ich begegne. Was immer an ihr mich fast aus der Deckung geholt hat, ich muss vorsichtiger sein.

DER REKRUTIERER

Er sitzt an seinem Tisch in der Eingangshalle der Franklin High, samt bunter Prospekte und *Army Strong*-Poster. Es ist nicht derselbe, der mich angeworben hat. Der hier ist neu, macht aber denselben Job, jeden Tag sitzt er in der Schule und wartet auf Frischfleisch.

Als ich ihn sehe, zwinge ich mich weiterzugehen, es bringt sowieso nichts, jetzt irgendwas zu sagen. Aber Lori kommt erst in einer Viertelstunde. Also bleibe ich doch stehen. Der Mann starrt auf sein Handy. Erst als er mich bemerkt, schaut er hoch, sieht meinen Gips, runzelt die Stirn und lächelt dann gezwungen.

»Darf ich?« Ich zeige auf den Stuhl vor dem Tisch.

»Klar.«

Ich setze mich. Augenblicklich denke ich zurück an das letzte Mal, als ich an diesem Tisch saß. Der Tag, an dem ich mich eingeschrieben habe. Der Typ damals hieß Marshall. Wir hatten wochenlang immer wieder gesprochen. So wie Marshall es darstellte, war die Armee eine Art Abenteuercamp, in dem man rund um die Uhr zusammen abhing, nur besser, weil man auch noch eine Prämie dafür bekam, dass man dabei war, Party machte, schießen übte und jeden Monat Gehalt kassierte.

Der Neue nickt in Richtung Gips. »Wie ist das passiert?«

Als ich ihm erzähle, dass mein Oberschenkelknochen und das Fußgelenk von Kalaschnikowkugeln zerschmettert wurden, reißt er die Augen auf. Dann macht es klick. »Ah, ich habe gehört, dass

Sie vorbeikommen wollten.« Er reicht mir die Hand. »Ist mir eine Ehre.«

Ich sollte ihm die Hand schütteln. Egal, was mich gerade so auf die Palme bringt, es ist nicht seine Schuld. Er macht nur seinen Job. Aber es ist zu spät. Seine Hand bleibt in der Luft hängen. Er zieht sie zurück und wirkt jetzt angespannt und misstrauisch.

»Was bietet ihr inzwischen für Prämien an?«, frage ich.

»Zwanzigtausend, wenn man schnell zugreift. Und innerhalb von dreißig Tagen bereit ist. Vierzigtausend, wenn man sich für vier Jahre verpflichtet.«

So wie meine Füße mich aus freien Stücken hierhergetragen haben, so macht sich jetzt auch mein Mund selbstständig. Allmählich verliere ich die Kontrolle. »Das ist richtig viel Asche. Erzählen Sie den Kids auch was über die acht Jahre inaktiver Reserve, die sie danach erwartet?«

Der Rekrutierer windet sich ein bisschen. Jetzt scheint er sich doch unwohl zu fühlen.

Aber ich bin noch nicht fertig: »Der Typ, der hier früher saß, ja? Der hat das nämlich vergessen zu erwähnen, als ich mich letztes Jahr verpflichtet habe. Komischerweise wurden viele von den Jungs, mit denen ich gedient habe, von Leuten angeworben, die das irgendwie »vergessen« haben. Einem von uns haben sie erzählt, er könne jederzeit aussteigen, er müsse nur um Entlassung wegen mangelnder Anpassungsfähigkeit bitten. Können Sie sich das vorstellen? Und einem Haufen anderer kamen sie mit dem Spruch, die Wahrscheinlichkeit, dass sie an einem Einsatz teilnähmen, gehe gegen null. Und wissen Sie was? Zwei davon sind nicht mehr unter uns.«

Der Mann steckt die Hände in die Taschen und starrt auf den Tisch. Es ist allgemein bekannt, dass Rekrutierer lügen müssen, um ihre Quoten zu erreichen. Und wenn sie das nicht schaffen, werden ihnen noch beschissenere Jobs zugewiesen, zum Beispiel sich um die Gefallenen zu kümmern. Stell dir vor, du musst den ganzen Tag Körperteile sortieren und sie den passenden Leichen zuordnen.

Ich merke, dass ich mich nach vorn beuge. Mittlerweile ist mir alles egal. »Hör zu, Mann, ich weiß, dass die Armee dich in der Zange hat. Du wolltest diesen Scheißjob nicht. Und jetzt, wo du ihn hast, willst du nur deine Zeit absitzen und dich dann vom Acker machen.«

Er nickt kaum wahrnehmbar.

»Aber sei ehrlich zu den Kids hier, ja? Die wissen nur das, was sie im Fernsehen sehen. Diese Promo-Filmchen, von wegen, sie könnten etwas bewirken und Problemlöser sein und so. Die haben keine Ahnung, was da drüben wirklich los ist.«

Der Mann klopft auf seinen Laptop mit den ganzen Hochglanzvideos, die neue Rekruten davon überzeugen sollen, aus ihnen würden Superhelden. Er weiß, dass ich die Wahrheit sage.

Und er wird sie weiter verschweigen.

AURORA

Wir treffen uns bei *TGI Fridays*. Emily und Michael können nicht, aber Emily will, dass wir danach zu ihrer Poolparty kommen …«

Aurora steht vor ihrem Spiegel und probiert neue Klamotten an. Sie wohnt noch bei ihren Eltern, weil sie sich wegen der Raten für ihr Auto und der Schulgebühren keine eigene Wohnung leisten kann. Ich sitze am Fenster. Nebenan spielen Kinder auf dem frisch gemähten Rasen Fußball. Wie oft habe ich drüben Kinder auf staubigen Straßen Fußball spielen gesehen, umgeben von Betonbrocken und Stahlstangen aus zerbombten Gebäuden? Ein paar Tage später sah ich dieselben Kinder dann ein anderes Spiel spielen. Statt ihres Fußballs hatten sie eine verrostete alte Kalaschnikow dabei. Neun- oder Zehnjährige, deren Väter getötet oder verstümmelt worden waren. Kinder, die jetzt Geld verdienen mussten, um ihre Familien zu ernähren. Die Aufständischen zahlten ihnen 25 Dollar im Monat für den Kampf in einem Erwachsenenkrieg.

»Jake?« Aurora steht vor mir mit einem Stapel verschiedenfarbiger T-Shirts über dem Arm. »Hast du gehört, was ich gesagt habe?«

»Wegen Schwimmen?«

»Ich hab dich gefragt, ob du Badesachen dabeihast.«

»Wozu?« Ich zeige auf meinen Gips.

»Ich dachte nur, es wäre bequemer.«

Ich trage ein Longsleeve und Jeans. Abgesehen von meinem fehlenden Finger und der Narbe am Kinn weiß Aurora nicht, wie mein Körper inzwischen aussieht. Die Narben und Schnitte von Granatsplittern und Operationen. Die Ein- und Austrittswunden von Kugeln, die direkt durch mich durchgesaust sind. Ich habe keine Ahnung, wie mein Bein aussieht, wenn der Gips abkommt. »Schon okay so.«

Aurora geht aus dem Zimmer. Warum bin ich erleichtert, wenn sie nicht bei mir ist? Weil ich nicht mehr der Mensch bin, der ich mal war. Kehrt irgendwer als derselbe Mensch, der er war, aus dem Krieg heim?

Aurora kommt in einem rosa Top zurück. Sie hat sich im Bad umgezogen. Die Grundausbildung und mein halber Einsatz zusammengerechnet, ist es neun Monate her, dass wir uns das letzte Mal nah waren. Trotz des vielen Skypens, der Anrufe und Nachrichten ist da auf einmal eine peinliche Befangenheit zwischen uns, die es früher nie gab. Zum Teil weiß sie, was ich erlebt habe. Und bestimmt hat sie einiges über posttraumatische Belastungsstörungen und die hohe Gewalt- und Selbstmordrate unter Kriegsheimkehrern gelesen. Vielleicht spürt sie auch, dass ich nicht mehr derselbe bin. Vielleicht hat sie das Gefühl, diesen »neuen« Menschen nicht zu kennen.

Ich bin selbst nicht sicher, ob ich ihn kenne.

Also füllt Aurora diese Lücke mit Worten – über ihre Ausbildung zur Dentalhygienikerin, was Lukes Mutter über Jens Gewicht gesagt hat, über Sue Anns Schwangerschaft und in welcher Farbe sie das Kinderzimmer streichen will, und dass Treys Eltern angeboten haben, der jungen Familie eine Wohnung zu kaufen, aber nur wenn …

Ich denke an Brandi. Vor einer Stunde hat sie mir eine Nachricht geschrieben, ob wir uns noch mal treffen können. Sie will mir etwas zeigen, an dem sie arbeitet. Ich erinnere mich an ihre durchdringenden nussbraunen Augen. Woran hat sie meine Zweifel erkannt? Was hat sie gesehen? Kann ich mich nicht so gut verstellen, wie ich dachte? Vielleicht ist sie einfach clever genug, um zu wissen, dass solche Zweifel natürlich sind. Sie weiß, dass ich den Tod aus nächster Nähe gesehen habe, dass ich schwer verwundet war und diese ganzen Operationen hinter mir habe. Eigentlich kein Wunder, wenn ich nicht ganz so enthusiastisch bin, oder?

Aber was, wenn es nicht nur geraten war? Wenn sie in mich hineinsehen kann? Dann haben jetzt zusammen mit Lori schon zwei den Verdacht, dass ich mich für jemanden ausgebe, der ich vielleicht gar nicht sein will.

»Sue Ann findet, das ist Erpressung, und sie hat recht. Treys Mom ist bestimmt die ganze Zeit da und erzählt ihr, wie sie was einrichten soll, welche Sträucher sie pflanzen soll und …«

»Aurora!« Plötzlich halte ich ihr Gequatsche nicht mehr aus.

Sie erstarrt und sieht mich mit großen Augen an wie einen knurrenden Hund.

Verdammt! Es tut mir sofort leid. Ich habe sie noch nie so angepflaumt. Früher war ich nie einfach so gereizt oder sauer.

Aurora steht immer noch regungslos da und starrt mich an. Sie hat es nicht verdient, angepflaumt zu werden. Sie ist der liebenswerteste, fürsorglichste Mensch, den ich kenne. Denkt immer an andere. Ist immer da, um zu helfen. Ich bin aus genau drei Gründen noch am Leben: Glück, Überlebenswille und Aurora.

Ich erhebe mich mühsam und breite die Arme aus. Was immer in mir vorgeht, es ist nicht ihre Schuld. »Hey, komm her.«

Sie tritt zögernd auf mich zu. Als wüsste sie nicht recht, ob sie mir trauen kann. Jetzt liegt sie in meinen Armen, den Kopf an meine Schulter geschmiegt, und der Duft ihrer Haare steigt mir wieder in die Nase. »Es tut mir leid«, flüstere ich.

»Du hast dich verändert, Jake.« Sie klingt verletzt.

Ich kann es nicht leugnen. In letzter Zeit kochen die Emotionen so schnell und unerwartet in mir hoch.

Sie legt den Arm um meine Taille. »Ich weiß, dass etwas Schlimmes passiert sein muss. Und dass du nicht mit mir darüber reden willst.«

Aurora kann sich das, was ich erlebt habe, nicht vorstellen. Niemand kann das. Außer vielleicht der General. Er war in Vietnam. Er wurde verwundet. Aber im Gegensatz zu mir scheint er sich seitdem nur noch stärker mit dem Militär zu identifizieren. Wie war das möglich? Wie ist er da ohne Trauma durchgekommen? Das ist doch nicht normal.

Aurora umarmt mich. »Du bist wie Dr. Jekyll und Mr Hyde.«

Ich erwidere ihre Umarmung. »Dr. Jekyll und Private Hyde.«

Sie schmunzelt. Fürs Erste ist es wieder gut.

▬ ▬ ▬ ▬ ▬

Jen und Luke. Sue Ann und Trey. Das sind die Pärchen, mit denen Aurora und ich früher immer abhingen. Ich habe sie seit der Schule nicht mehr gesehen. Bei *TGI Fridays* berichten sie mir, was sie seitdem gemacht haben. Als ich dran bin, herrscht kurz betretenes Schweigen. Aurora hat sie wahrscheinlich vor meinen sichtbaren Wunden gewarnt. Vielleicht hat sie ihnen auch geraten, mich besser nicht zu fragen, wie es mir ergangen ist.

Eine neue Runde Softdrinks wird gebracht. Ist das nicht absurd? Ich bin alt genug, um zu töten und mit anzusehen, wie Menschen sich unvorstellbar grausame Dinge antun. Aber nicht alt genug, um ein Bier zu bestellen.

Trey bringt das Gespräch auf Sport. Erleichterung macht sich breit. Ein dankbares Thema. Wir reden über Football-Teams, bis die Cheese Fries und die frittierten Shrimps kommen. Mann, schmeckt das Zeug gut. Auf dem Stützpunkt haben sie sich wirklich Mühe gegeben. Aber trotz gelegentlichem Steak und Eis am Sonntag machten das Wetter, feindliche Manöver oder einfach nur das typische Chaos bei der Armee es häufig unmöglich, Nachschub zu organisieren. Dann gab es eine Woche lang Batteriesäure (Kaffee) mit Panzerkuh (Dosenmilch), toten Esel (Dosenschinken), Zuckerwasser (Pulverlimonade) und die Vier Finger des Todes (Hot Dogs). Skitballs drehte meistens irgendwann durch und zog los, um aus unseren Patrouillen-Verpflegungspaketen die Süßigkeiten abzugreifen. Woraufhin die Ratten- und Mäusefamilien im Lager sich über die aufgerissenen Päckchen hermachten und sich innerhalb kürzester Zeit verdreifachten.

Aber ich kann nicht an Skitballs denken, ohne an den Hinterhalt zu denken. Und ich kann nicht an den Hinterhalt denken, ohne Schmerzen und Reue zu empfinden. Und dann muss ich daran denken, was ich heute tun würde, wenn ich wirklich mutig wäre.

Aurora stupst mich an. Bisher habe ich es ganz gut geschafft, nur mit der rechten Hand zu essen. Die linke liegt in meinem Schoß. Da könnte sie während der Vorspeise wahrscheinlich auch liegen bleiben, aber wozu? Die anderen wissen doch sowieso Bescheid. Also greife ich mit beiden Händen nach einer Serviette und tupfe mir die Lippen ab.

Sie starren auf meine Hand. Als hätten sie nur darauf gewartet. Aber wahrscheinlich ist es gar nicht so schrecklich, wie sie dachten. Die Militärärzte haben ganze Arbeit geleistet und das Schlimmste ausgebügelt.

Der Hauptgang kommt. Jetzt sind Messer und Gabel dran, also

beide Hände, aber unsere Freunde schauen schon nicht mehr hin. Inzwischen geht es um die aktuelle Baseballsaison und die Footballsaison im Herbst. Wir stürzen uns genauso hingebungsvoll darauf wie auf unsere New York Strip Steaks und Baby Back Ribs.

Zum Nachtisch hat sich das Thema Sport erschöpft. Wir kämpfen uns bei Kuchen und Eis durch Gespräche über Autos und Filme und unterhalten uns darüber, was die Leute aus unserem Jahrgang so machen. Bis die Rechnung kommt. Wir haben es geschafft, während des ganzen Essens nicht ein einziges Mal die Armee zu erwähnen. Man könnte meinen, nach all den Interviews wäre es befreiend, mal nicht darüber reden zu müssen. Aber komischerweise hat es mir gefehlt.

■ ■ ■ ■ ■

Bei Emily setzen sie mich auf einen Liegestuhl am Pool. Es ist ein warmer Abend, die Stimmung ist entspannt, es wird gelacht, gequatscht, Blödsinn gemacht. Aus der Dunkelheit erklingt das Zirpen der Grillen und das Quaken der Frösche. Und, viel wichtiger, es gibt endlich Bier, Tequila und Rum.

Aurora und die anderen lassen mich keinen Moment alleine. Immer hängt jemand am Beckenrand und sagt irgendwas. Jemand mit nassem Haar und Tropfen auf der gebräunten Haut. Manchmal ist mein Lächeln echt, manchmal gezwungen. Sie geben ihr Bestes, damit ich mich wohlfühle, während sie ihren Spaß haben.

Es ist nicht ihre Schuld, dass ich wieder an Skitballs denken muss, wie er verwundet in diesem Abwasserkanal liegt, während um uns herum geschossen wird. Wie sich sein hellrotes Blut mit den stinkenden Exkrementen vermischt. Genau das, wovor er aus der Kriegszone der Gangs im Süden Chicagos geflohen war.

Stopp, Jake. Niemand hat euch gezwungen, zur Armee zu gehen. Es war eure Entscheidung.

Das da im Pool sind die, die sich dagegen entschieden haben. Mit Ausnahme von Aurora sind sie alle auf dem College oder an einer Uni und stehen noch ganz am Anfang ihrer Karriere. Ich bin wahrscheinlich der Einzige, der das Gefühl hat, dass seine Karriere wohl schon vorbei ist.

Emily kommt rübergeschwommen und legt die Arme auf den Beckenrand. Die Mädchen sind alle hübsch, aber sie ist die Hübscheste. Sie hat schwarzes Haar, dunkle Augen und volle Lippen. Ihr Vater war Kinderarzt. Sie will Radiologin werden und hat gerade das erste Jahr am Barnard College in New York hinter sich.

»Schade, dass du nicht mit ins Wasser kannst«, sagt sie.

»Demnächst wieder.«

»Aber fährst du nicht Ende der Woche schon wieder weg?«

»Doch. Sie bringen mich zur Reha in ein Militärkrankenhaus.«

»Und danach?«

Gute Frage. Wenn sie ein MRT von meinem Herzen lesen würde, was könnte sie dann sehen? Was sehe ich?

»Warum fragst du?«, will ich wissen.

Emily fährt sich mit den Fingern durch das glatte nasse Haar und schüttelt es aus. »Weiß nicht. War nur so ein Gefühl. Nach allem, was du durchgemacht hast? Hast du nicht vielleicht schon genug getan?«

»Mein Einsatz ist noch nicht vorbei. Da drüben herrscht immer noch Krieg.«

Mit lautem Geschrei macht Luke eine Arschbombe vom Sprungbrett. Das Wasser spritzt in alle Richtungen. Sogar auf mich. Alle jubeln und klatschen. Kleine Wellen plätschern gegen den Rand.

»Irgendein Krieg ist immer«, sagt Emily, als der Lärm verebbt. »Der hier heißt ja anscheinend der ›Endlose Krieg‹.«

Da hat sie recht.

»Was glaubst du, wie lange sie wartet?«, fragt Emily.

Es ist klar, von wem sie spricht. Ich muss nicht lange überlegen, ob Aurora sie geschickt hat. Die Antwort lautet mit ziemlicher Sicherheit Nein. So etwas würde Aurora nicht tun. Aber Emily ist ihre älteste und beste Freundin und macht sich eben ihre Gedanken.

»Es ist ja nicht so, dass sie keine anderen Verehrer hätte.« Emily nickt in Richtung eines Tisches mit Snacks, wo Aurora sich mit einem Typen in grünen Surfshorts unterhält. Normalerweise macht mir kaum etwas so gute Laune wie der Anblick von Aurora im Bikini. Die beiden reden und lachen. Der Kerl ist gut gebaut und seine Haare sind von der Sonne gebleicht. Und sein Körper ist nicht von Narben übersät. Man muss ihre Körpersprache nicht groß analysieren, um zu sehen, dass die beiden sich gut verstehen. Es ist auf jeden Fall nicht das erste Mal, dass sie miteinander reden.

»Doug Rhinebach«, sagt Emily.

»Von *Rhinebach Ford*?« So heißt ein Autohändler hier.

»Nicht mehr. Die heißen jetzt *Rhinebach Auto Group*. Ford, BMW, Honda, Jeep, bla, bla, bla. Versteh mich nicht falsch, Jake. Aurora war dir die ganze Zeit treu, aber wie lange soll sie noch auf dich warten?«

▬ ▬ ▬ ▬ ▬

Endlich ist es so weit. Aurora und ich haben die Party verlassen und parken an einem abgelegenen Ort. Sie liegt in meinen Armen. Ihre Haare sind noch feucht, und sie riecht toll und fühlt sich toll an. Ich habe lange von diesem Augenblick geträumt.

Aber etwas stimmt nicht. Als schwirrte mir nicht schon genug Mist durch den Kopf, ist da jetzt auch noch Doug Rhinebach. Und obwohl ich Emily glaube, dass Aurora mir treu war, hat sie ihm heute Abend nicht gerade die kalte Schulter gezeigt.

Ich sollte sauer sein. Ich *bin* sauer. Aber ich weiß auch, dass das ziemlich egoistisch ist. Als hätte ich bei aller Sehnsucht, in all den einsamen Nächten, als ich mir vorgestellt habe, wie gut Aurora riechen und sich anfühlen würde, wenn ich endlich zu Hause war … als hätte ich vergessen, dass ein Mensch hinter all diesen Gefühlen steht. Du kannst nicht die Gefühle ohne den Menschen haben. Na ja, gut, manche können das. Aber mit Aurora und mir ist das etwas anderes. Ich liebe sie, und sie hat die ganze Zeit auf mich gewartet.

Kann ich es ihr wirklich übel nehmen, wenn sie auf Nummer sicher gehen will? Liegt es nicht in der menschlichen Natur, sich vor allzu großem Kummer schützen zu wollen? Sie wusste, dass ich womöglich nicht zurückkommen würde. Umso mehr stehe ich in ihrer Schuld.

Sie liegt still in meinen Armen. Wir horchen auf unseren Atem. Wir stehen im Wald am Ende einer Straße, die als privat ausgeschildert ist. Niemand weiß, warum sie hier ist. Vor Jahren hat Trey das gelbe Schild »Privatweg« gekauft und am Eingang an einen Baum gehämmert. Seitdem gehört die Straße uns.

Es ist ganz leise. Denkt Aurora an Doug? War sie mit ihm auch schon hier?

Hör auf, Jake. Du weißt genau, dass sie das nie tun würde.

»Musst du zurück?«, fragt sie.

»Normalerweise ja.«

Sie fährt mit dem Finger über meinen Gips. »Ich versteh das nicht, nach allem, was du durchgemacht hast.«

Wem sagst du das. Aber es gibt eben immer auch die andere Seite. »Stell dir vor, ich wäre Autoverkäufer. Und ich habe einen fantastischen Tag, an dem ich mehr Autos verkaufe als sonst je irgendwer. Und als ich aus dem Autohaus komme, stolpere ich über den Kantstein und breche mir den Fuß. Muss ich dann keine Autos mehr verkaufen?«

»Na ja, nicht, wenn du an dem Tag eine Million Autos verkauft hast.« Aurora grinst. Und nein, ich glaube nicht, dass sie gerade an Doug denkt. Sanft streicht sie über die Narbe auf meinem Arm. »Wie lange wirst du wegbleiben?«

Wenn ich zurückgehe? Ich kann mir das einfach nicht vorstellen. Vergiss die Medaille. Die Prämie gebe ich auch zurück. Notfalls gehe ich auch ins Gefängnis. Alles ist besser, als wieder drüben zu sein. Aber das kann ich Aurora nicht sagen. Ich darf sie nicht damit belasten. Mein Großvater ist einer der bekanntesten Generäle a. D. im Land. Mein Vater ist Oberstleutnant im hiesigen Stützpunkt. Diese Stadt liebt ihre Soldaten, und ich bin ihr Held. Wie könnte ich meiner Familie und meiner Stadt eine solche Schande machen? Wie könnte ich sie derart bloßstellen?

Ich habe Auroras Frage, wie lange ich bleiben würde, noch nicht beantwortet. Ich muss mir etwas ausdenken.

»Sechs oder sieben Monate.«

Eine Weile schweigt sie, dann löst sie sich aus meinen Armen und setzt sich auf. Sie schaut aus dem Fenster. Ich kann ihr Gesicht nicht sehen. Irgendwo in der Dunkelheit bellt ein Hund.

Ohne sich zu mir umzudrehen, fragt Aurora: »Willst du, dass ich auf dich warte?«

Wenn es so etwas wie eine Fangfrage gibt, dann ist es die hier.

Sagt sie, dass sie eigentlich nicht warten will? Sagt sie, dass sie nur wartet, wenn ich es will? Oder sagt sie, dass sie warten will, aber das Gefühl hat, ich müsste mehr Commitment zeigen? Und was ist, wenn ich Ja sage und dann in ein paar Tagen das tue, was ich eigentlich tun sollte? Dann ist sie die Freundin des »ehemaligen Helden«, der der Armee eine lange Nase gezeigt hat und plötzlich in der ganzen Stadt als Ausgestoßener gilt. Wenn nicht im ganzen Land, so wie die Leute hier ticken. Für Aurora eine No-win-Situation.

Al Jahim

Ich bin ziemlich sicher, dass der Schütze von seinem Dach runterkommt, um mir den Gnadenschuss zu verpassen. Ich springe auf, das M-16 im Anschlag, und bewege mich langsam an einer Hausmauer entlang. Alles schmerzt und brennt. Als ich auf die Stelle blicke, von wo ich mich eben weggerollt habe, sehe ich rote Flecken auf der Erde.

Von der anderen Seite der Mauer wird noch heftig gefeuert. Handwaffen. Einzelne Schüsse und längere Maschinengewehrsalven. Klingt wie ein Dauerfeuerwerk zum Vierten Juli. Das ist ein gutes Zeichen. Offenbar sind noch genug von uns am Leben, damit wir mit etwas Glück hier rauskommen können.

Aber nicht ohne Skitballs. Lebt er noch? Er hat seit über einer Minute keinen Ton von sich gegeben.

Und was ist mit dem verdammten Heckenschützen?

Ich schleiche an der Mauer entlang zum nächsten Eingang und werfe einen Blick hinein. Ein Treppenhaus führt nach oben. Ich steige hinauf und rechne damit, jeden Moment auf den Schützen zu treffen. Wenn ich es aufs Dach schaffe, kann ich vielleicht Skitballs ausfindig machen.

Von oben kommt ein Geräusch, dort, wo die Treppe eine Kehre macht. Nur ein dumpfer Schlag. Ist er das? Ist es eine Falle? Hockt er oben auf dem nächsten Absatz und wartet darauf, dass ich um die Ecke biege? Ich kauere mich hin, spüre die Hitze, den Schmerz in den Beinen, die von Schweiß und Blut feuchte Uniform. Ich habe keine Zeit zu verlieren.

Ich werfe eine Nebelgranate um die Ecke. Sofort ertönt Gewehrfeuer, die Kugeln schlagen in die Wand ein. Ich zähle bis drei, halte dann das M-16 ins Treppenhaus und feuere mehrere Salven von jeweils drei Schüssen in den dichten Rauch. Ein Ächzen, dann ein Aufprall. Etwas Metallisches rattert die Stufen runter. Kurz darauf liegt ein russisches Dragunow-Scharfschützengewehr neben mir auf dem Treppenabsatz.

Kaum hat sich der Rauch gelichtet, steige ich die Treppe hoch und über die Leiche des Scharfschützen. Oben ist eine Tür und dahinter sehr wahrscheinlich das Dach. Ich trete sie auf und hechte hindurch, für den Fall, dass noch jemand hier ist. Aber das Dach ist leer, bis auf ein Dutzend Patronenhülsen aus der Dragunow.

Die Sonne brennt, ich habe wahnsinnigen Durst. Das Feuergefecht hält weiter an. Zum Glück ist dies das höchste Dach, es kann also niemand von oben auf mich schießen. Ich krieche zur Brüstung, nehme den Helm ab und setze ihn auf den Lauf meines M-16. Als ich ihn über den Rand schiebe, schießt niemand. Ich setze den Helm wieder auf und spähe über die Kante.

Unten auf der Straße stehen die kaputten Fahrzeuge, aus denen unser Konvoi bestand, bevor die Sprengfallen sie aus dem Verkehr gezogen haben. Alle zehn, fünfzehn Meter klafft ein Krater in der Straße. Manche bis zu drei Meter breit und über einen Meter tief. Die Sprengfallen waren wahrscheinlich mit Artilleriegranaten bestückt. Der Anblick meiner toten Landsleute bringt mich zur Weißglut.

Linker Hand haben ein paar von unseren Jungs Stellung hinter mehreren umgekippten Fahrzeugen bezogen. Zu meiner Rechten liegt ein Soldat in einer Art Abwasserrinne. Aus der Entfernung kann ich nicht sicher sagen, ob es Skitballs ist, aber falls ja, erklärt das, warum die Aufständischen ihn noch nicht erwischt haben. Die Rinne verläuft circa dreißig Zentimeter unterhalb der Straße und damit außerhalb der Schusslinie.

Ein Stück weiter die Straße runter ist eine andere Gruppe von unseren Leuten hinter einem umgekippten Versorgungstruck in Deckung gegangen. Als ich die Dächer vor und hinter ihnen überprüfe, entdecke ich jemanden in langer, weiter Kleidung und Kappe. Er trägt eine Kalaschnikow.

Ich ziele und drücke ab. Der Mann fällt um. Die Frage ist nur, wie lange wird es dauern, bis ein anderer an seiner Stelle steht. Dieses Gefecht entwickelt sich zu einem echten Fleischwolf. Währenddessen verstreichen kostbare Minuten, und Skitballs braucht dringend Hilfe. Aber so gern ich zu ihm möchte, ich muss aufpassen, dass nicht wieder jemand auf das Dach klettert und unsere Leute da unten einfach so abknallt.

Ich klettere von einem Dach zum anderen, bis ich direkt über ihnen stehe. Von hier aus habe ich einen Hundertachtzig-Grad-Blick auf das Geschehen und sehe, was die Soldaten unten nicht sehen – zwei Aufständische, die an einer Mauer entlang auf sie zuschleichen. Einer hat eine Kalaschnikow, der andere eine Panzerfaust.

Da sie rechts unterhalb von mir an der Wand kleben, muss ich mich über die Brüstung beugen und mit links schießen, worin ich keine große Erfahrung habe. Ich stelle das Gewehr auf Drei-Schuss-Salven ein, lehne mich nach vorn und versuche zu zielen.

Rums! Das Nächste, was ich weiß, ist, dass ich über das halbe Dach geschleudert werde. Ich liege auf der Seite. Meine Ohren klingeln. So unvorstellbar es mir vorkommt, mein Herz scheint noch schneller zu schlagen als vorher. Etwas hat mich am Kopf getroffen, aber ich weiß nicht, was. Ich greife nach dem Helm. An einer Seite ist ein Loch, dort ist die Kugel eingedrungen. Weiter oben hat der Helm einen Riss, da muss sie ausgetreten sein.

Der Schuss kam offenbar von unten. Hätte die Kugel zwei Zentimeter tiefer getroffen, wäre mir die Schädeldecke weggeflogen. Ich muss diese Typen umlegen, aber als ich versuche, mich aufzurichten, wird mir schwindelig. Mein Gesichtsfeld verschwimmt, entweder ich bin gleich ohnmächtig oder ich muss mich übergeben.

Reiß dich zusammen!, sage ich mir und senke den Kopf.

Die Übelkeit verschwindet. Ich hocke mich hin, krieche quer über das Dach zu einer Tür und die Treppe runter. Über einen sonnendurchfluteten Hof zu einem Torbogen, der auf die Straße führt. Durch den Eingang sollte ich unsere Jungs hinter dem Versorgungstruck kauern sehen. Stattdessen liegt dort nur die leere Straße.

Ich habe mich verrechnet.

DAD

Es klopft an meiner Zimmertür. Zwei kurze, schnelle Schläge. Ich weiß gleich, wer das ist. »Komm rein, Dad.«

Die Tür geht auf, und er tritt in voller Oberstleutnant-Uniform ein samt Schlaufen, Anstecknadeln, Abzeichen und Streifen – ungefähr alles an Lametta, was man als Soldat kriegen kann, ohne tatsächlich gekämpft zu haben.

Lori hat das linke Hosenbein an meiner Ausgehuniform aufgetrennt, damit der Gips darunterpasst. Als Gefreiter habe ich natürlich längst nicht so viel an der Brust hängen wie Dad, aber ein Abzeichen habe ich, das er nie bekommen wird – das *Combat Action Badge*.

Es ist gerade mal fünf Zentimeter lang, ein Kranz mit einem Bajonett und einer Granate. Selten bedeutet etwas so Kleines denen, die es verliehen bekommen, so viel.

Und denen, die es nicht bekommen. Dad hätte ihm Golfkrieg kämpfen können, aber sein kaputtes Knie hat ihn davon abgehalten. Auch er kommt aus einer Soldatenfamilie. Sein Vater war Kapitän bei der Navy und sein Bruder Kampfflieger, ebenfalls bei der Navy. Beide haben im Golfkrieg gekämpft. Dad war immer ein stiller, stoischer Soldat. Vielleicht nicht so besessen wie andere, eher jemand, der sich seinem Schicksal fügt und seinen Job macht.

Bevor ich zur Armee ging, tat er mir leid, weil er als Einziger in der Familie nie im Krieg war. Jetzt denke ich nur noch, was für ein unglaubliches Glück er hatte.

Er musste nie einen anderen Menschen töten. Er leidet nicht unter den Erinnerungen.

»Bereit?«, fragt er. Es ist Zeit für den nächsten Einsatz. Nicht gegen den Feind, sondern vor einer ausgewählten Gruppe von 200 engen »Freunden« des Generals.

»Glaub schon.« Ich komme mir vor wie auf dem Jahrmarkt. *Heute bei uns: Die Frau mit Bart. Der Schwertschlucker. Der verwundete Kriegsheld.*

»Wir versuchen, das möglichst schmerzfrei über die Bühne zu bringen«, sagt Dad mit einem dünnen Lächeln.

Das meint er wirklich so. Und ich bin ihm dankbar dafür. Seit ich bei der Armee bin, hat sich einiges zwischen uns geändert. Zum Besseren. Als ich noch zur Highschool ging, haben wir uns dauernd gestritten. Drei Jahre lang lag er mir von morgens bis abends in den Ohren.

Warum ich keine besseren Noten hätte? Dabei waren die gar nicht mal schlecht. Nur eben nicht toll. Warum ich nicht Kapitän von einem Team sei? Second Baseman oder Cornerback reichte nicht. Ich sollte Führungsqualitäten zeigen. Warum ich mich nicht ehrenamtlich engagierte oder sonst irgendwie außerschulisch betätigte?

Dad ging es nur darum, mich in die Militärakademie in West Point zu bringen. Der erste Schritt für eine Karriere in der Armee. So hatte *er* es gemacht. Und genauso sollte ich es auch machen, wie er mir einimpfte, seit ich das erste Mal in Windeln mit einem Plastikgewehr über der Schulter durchs Wohnzimmer marschiert war.

An dem Tag, als ich in die Armee eintrat, spitzte sich die Situation zu. Ich kam erst abends nach Hause. Dad war hinten im Gemüsegarten am Düngen. Als er mich sah, hielt er inne und lehnte sich auf die Schaufel. Es war ein heißer Tag, die Schwalben segelten über uns durch die Luft und schnappten sich Insekten. Als ich näher kam, brannte mir der scharfe Düngergeruch in der Nase.

»Ich hab mich verpflichtet«, sagte ich.

Es war keine Überraschung. Ich hatte ihm von meinem Plan erzählt. Er kniff die Lippen zusammen. Dahinter biss er wahrscheinlich die Zähne aufeinander. »Schreib dem Kommandeur einen Brief, du hättest dich umentschieden.«

»Das werde ich nicht, Dad.«

Er sah mich nur an. Wir waren das alles schon tausendmal durchgegangen, hatten uns zigmal angeschrien. Er wollte, dass ich nach West Point ging, damit ich nicht als Infanterist zur Armee kam – als einfacher Soldat wurde man am ehesten in den Krieg geschickt und am ehesten getötet oder verwundet.

Ich hielt dagegen, weder sein Vater noch der General seien diesen Weg gegangen. Ich wollte mich beweisen, so wie meine Großväter. Ich wollte mein Leben nicht auf dem Silbertablett serviert bekommen. Ich wollte nicht nach West Point gehen und das Gefühl haben, dass jeder denkt, ich sei nur wegen meiner bekannten Familie da.

Über uns segelten weiter die Schwalben. Ich wartete darauf, dass Dad mich anbrüllte. Oder sein Handy rausholte und jemanden bei der Armeeverwaltung anrief. Er tat nichts dergleichen. Stattdessen hielt er den Kopf gesenkt und blinzelte. Es sah aus, als tränten seine Augen. Das kam wahrscheinlich vom beißenden Gestank des Düngers. »Geh ins Haus«, sagte er, drehte sich um und schaufelte weiter.

Jetzt hier in meinem Zimmer kommt er auf mich zu, zieht mir den Krawattenknoten zu und rückt das *Combat Action*-Abzeichen zurecht. Er klopft mir auf die Schulter. »Ich seh dich gleich unten, Soldat.« Dann macht er eine Kehrtwendung und geht wieder.

Mein Handy vibriert. Eine Nachricht von Aurora? Wir haben uns nicht mehr gesprochen, seit ich sie gestern Abend nach Hause gebracht habe. Im Grunde, seit sie mich gefragt hat, ob sie auf mich warten soll.

Ich muss daran denken, was Skitballs passiert ist. Als wir eines Abends, wenige Wochen nach unserer Ankunft, in der Kantine aßen, gab es plötzlich einen lauten Knall, und das Essen flog vom Tisch. Alle dachten, wir würden angegriffen, und warfen sich auf den Boden.

Dann hörten wir es klirren und jemand fing an zu fluchen. Das war kein Angriff. Wir standen auf und sahen Skitballs, der total ausrastete, wie ein Irrer schimpfte und ein Metalltablett gegen den Tischrand pfefferte. Gläser kippten um. Zuckerstreuer rollten vom Tisch und knallten auf den Boden.

Die Jungs brüllten ihn an, er solle aufhören, er würde ein Wahnsinnschaos veranstalten, außerdem sei das kostbares Essen, aber Skitballs ignorierte sie. Morpiss und ich beschlossen, es auf die sanfte Art zu probieren, und gingen langsam auf ihn zu. Als er uns sah, nahm er den Serviettenhalter und holte aus, als wollte er uns einen Baseball an den Kopf schleudern.

In dem Moment tauchte Brad wie aus dem Nichts auf und packte ihn. Er rang ihn nieder und drückte ihn auf den Boden. Skitballs fluchte immer noch. Wie wir erfuhren, ging es um seine Freundin. Deren Kreditkartenschulden er von seiner Prämie bezahlt hatte.

Es klang so, als wäre sie nicht mehr seine Freundin.

Als er sich ein bisschen beruhigt hatte, kümmerten Morpiss und ich uns um ihn und brachten ihn zurück in seine Baracke. Kaum war Skitballs ein paar Wochen weg von zu Hause, hatte seine Freundin sein Geld genommen und ihm den Laufpass gegeben.

»Sie hat gesagt, sie würde auf mich warten!«, schluchzte er und wischte sich mit dem Ärmel über Augen und Nase. »Sie hat's mir versprochen!«

Er schluckte ein paar Pillen. Allmählich verrauchte seine Wut, stattdessen flennte er. So war das mit Skitballs. Er trug sein Herz auf der Zunge. Wer so offen und ehrlich über seine Gefühle redete, dem konnte man vertrauen.

Aber selbst damals dachte ich, dass jemand, der wirklich auf einen warten würde, nicht fragen musste, ob man das auch wollte.

Auf meinem Handy erscheint eine Nachricht. Aber nicht von Aurora. Es ist Brandi: *Können wir uns noch mal treffen?*

DER GENERAL

Das Haus des Generals hat vorne imposante weiße Säulen, mehrere Veranden und insgesamt wahrscheinlich acht Kamine. Heute veranstaltet er mir zu Ehren eine »kleine« Gartenparty: ein Dutzend gedeckter Tische mit weißen Tischtüchern, Kristallgläser, Porzellangeschirr und Silberbesteck auf dem englischen Rasen hinter der Villa. Das Catering wurde angeliefert. Erfolgreiche Menschen prosten sich zu, stehen herum und plaudern. Ich unterhalte mich mit dem Bürgermeister von Franklin, einem Kongressabgeordneten, ein paar Senatoren sowie mehreren hochrangigen Militärs und gut situierten Geschäftsleuten.

In einer Gesprächspause, die den üblichen Heldenfragen folgt, spüre ich eine Hand an meinem Ellbogen. Es ist Lori. Sie flüstert mir ins Ohr: »Komm mit.«

»Du weißt, dass er deine Medaille voll ausschlachten wird«, sagt Lori leise, als wir außer Hörweite sind. »Er selbst hat nur Bronze. Du hast gute Aussichten auf Silber. Jemand meinte, eventuell käme heute sogar der Gouverneur vorbei.«

Oberflächlich betrachtet nützt die Veranstaltung dem General aus mehreren Gründen. Es ist ein Fest zu Ehren eines Lokalhelden (der rein zufällig sein Enkel ist). Es feiert die Stadt Franklin als stolzen Militärstützpunkt. Es ist eine Chance für die hohen Tiere, auf Tuchfühlung mit einem Helden zu gehen, und eine Chance für mich, egal welche Karriere ich irgendwann mal einschlagen will. Militär, Business, Politik. Du hast die Wahl.

Aber es gibt auch noch ein paar weniger offensichtliche Gründe für diesen Rummel. Zuallererst soll es die Leute daran erinnern, dass der General immer noch einen, nicht zu unterschätzenden Einfluss hat – in dieser Stadt, im Bundesstaat, vielleicht sogar auf Landesebene. Zweitens ist es eine Gelegenheit, sie darauf hinzuweisen, dass meine »Heldengene« von seiner Seite der Familie kommen.

Denn von den Liddells – der Seite meines Vaters – können sie nach Ansicht des Generals unmöglich stammen. Nicht bei meinem Bürohengstvater und, noch schlimmer, der dunklen, verräterischen Vergangenheit der Liddells.

Lori führt mich zu den Tischen auf dem Rasen. Auf den meisten stehen keine Platzkärtchen, aber als wir uns dem Podest nähern, sieht man doch ein paar. Am Haupttisch ist einer der Stühle eingerahmt von einer amerikanischen Fahne und der Flagge der US-Armee. Auf dem Kärtchen vor dem Teller steht »Private Jake Liddell«, das bin ich.

Wir gehen um den Tisch herum und sehen uns die anderen Karten an. Einige Namen kenne ich, andere nicht.

»Douglas Erwin? Pat Petersen?«, flüstere ich Lori zu.

»Ich glaube, Petersen ist Vorstandschef der *Precision General Corporation*«, flüstert sie zurück. »Großer Rüstungskonzern. Keine Ahnung, wer Erwin ist.«

Mir war immer klar, dass der General Kontakte zur Rüstungsindustrie hatte. Damals in der Highschool war mir das egal. Wen interessierte es schon, welche Firma die Truppentransporter, Panzerwesten und Waffen produzierte? Aber im Krieg kann die Qualität der Ausrüstung über Leben und Tod entscheiden. Als Morpiss mich einmal bat, ihm zu helfen, zusätzliche Eisenplatten unter die Fahrgestelle zu schweißen, ließ er sich erst mal darüber aus, wie schlecht die Sachen teilweise verarbeitet waren.

»Du darfst nie vergessen, mein Freund«, sagte er. »Dein Leben liegt in den Händen des billigsten Anbieters.«

Ich fand es erstaunlich, dass ausgerechnet Morpiss, der alles andere als privilegiert war und aus der tiefsten Provinz kam, mehr über das Geschäft mit dem Krieg wusste als sonst irgendjemand, den ich bei der Armee kennenlernte.

Hier bei der Party des Generals habe ich den Verdacht, dass ein paar dieser billigsten Anbieter mit dem General und mir an einem Tisch sitzen. »Was hat der General noch mal mit diesen Typen zu tun?«, frage ich Lori.

»Er sitzt bei ihnen im Aufsichtsrat.«

»Und das heißt?«

»Das heißt … Zeit für den ersten Drink.« Lori zeigt in Richtung Bar und marschiert los. Ich kenne meine Schwester und ihre Launen. Irgendwas hat sie gerade ziemlich auf die Palme gebracht. Dad sagt, sie käme nach Mom – sie sei mit einem eingebauten Lügendetektor zur Welt gekommen. Ich muss auf meinen Krücken hinter ihr herjagen, um sie einzuholen, während sie in sich reinnuschelt: »Ich glaub es nicht. Ich glaub es einfach nicht.«

»Du glaubst *was* nicht?«, frage ich.

»Hast du eine Tischkarte für Dad gesehen? Das ist so was von ekelhaft. Nicht nur ekelhaft, es ist ausgesprochen beleidigend.«

Ich kann ihr nicht widersprechen. Seit ich denken kann, hat der General meinen Vater unterschwellig gedemütigt. Das liegt an Dads familiärer Vergangenheit. Weil Dad einen Onkel namens David Liddell hatte, der ein »Verräter« war. Aber in den nächsten Tagen, wenn ich tue, was ich glaube tun zu müssen, wird der General sich wohl auch von mir distanzieren wollen. Das dürfte allerdings schwieriger werden. Er ist jetzt ein alter Mann. Seine Karriere geht dem Ende entgegen, auch wenn er es sich vielleicht nicht eingestehen will. Er war immer gut zu Lori und mir. Wenn ich meinen Plan durchziehe, käme das für ihn einem Verrat gleich. Es wäre eine tiefe persönliche Kränkung, über die er nicht mehr hinwegkommen würde.

Kann ich ihm das wirklich antun?

Wir stehen vor der Außenbar. Der Barmann hinter den blinkenden Weingläsern kommt mir bekannt vor. Er hat den schwarzen Pferdeschwanz in den Kragen seines weißen Hemdes gesteckt. Und den Kragen hochgezogen, damit er möglichst viel von seinem Nackentattoo bedeckt. Es ist Barry, der ehemalige Bassist von *The Zombie Horde*, Brads Band.

Wir geben uns die Hand und wechseln ein paar Worte. Ich freue mich, ihn zu sehen.

»Machst du noch Musik?«, frage ich.

»Ab und zu.« So, wie er mit den Schultern zuckt, bedeutet das eher nicht so oft. »Dafür bist du ja groß rausgekommen.«

»Na ja, ist nicht unbedingt dasselbe.«

»Wie man's nimmt«, sagt Barry. »Wir können ja eine Band gründen, *Jake Liddell and the American Heroes.* Ich schreib die Songs. Bei Spotify kriegen wir bestimmt hunderttausend Downloads in der ersten Woche.«

Lori stößt mich mit dem Ellbogen an. »Warum nicht? Besser, als sich abknallen zu lassen.«

»Ich denk drüber nach«, sage ich zu Barry, aber wir wissen beide, dass das Quatsch ist. Ich bin wahrscheinlich der unmusikalischste Mensch auf der Welt.

Lori bestellt einen Long Island Iced Tea und ich einen Tequila auf Eis mit Limette. Normalerweise nimmt es der General mit Regeln ja sehr genau, aber Alkohol ist davon ausgenommen. Für meinen Großvater gilt: Echte Männer trinken. Und sollten es schon in jungen Jahren lernen.

Wir wollen uns gerade wieder unter die Leute mischen, als

Barry fragt: »Stimmt es, dass Brad und du auf demselben Stützpunkt stationiert wart?«

Ich nehme einen kräftigen Schluck Tequila. Mir ist klar, was gleich kommt.

»Und stimmt es, was ich über Brad gehört habe?«

»Er war ein sehr guter Gruppenführer und hat getan, was er konnte, um seine Männer zu schützen«, erkläre ich ihm. »Wenn er nicht gewesen wäre, würde ich jetzt nicht hier stehen.«

»Na ja, ich hab gehört …« Barry bricht den Satz ab.

Ja, er hat gehört. Aber das ist nur die eine Seite einer komplizierten, tragischen Geschichte. Ich werde Brad immer verteidigen. »Pass auf, Mann, niemand, der nicht da drüben gewesen ist, kann sich das auch nur ansatzweise vorstellen.«

Barry zieht eine Grimasse. »So schlimm?«

Ich nehme noch einen Schluck Tequila und spüre den Alkohol warm durch die Kehle laufen. Fast hätte ich gesagt: »Ja, so schlimm«, lasse es dann aber sein. Keine Klagen. Kein Gejammer. Was vorbei ist, ist vorbei. *Reiß dich zusammen, Soldat.*

Lori und ich gehen zurück. »Weißt du schon, was du jetzt machen willst?«, fragt sie leise.

Ich schüttele den Kopf. »Ich weiß, was ich machen *sollte*. Ich weiß nur nicht, ob ich es kann.«

Während ich auf meinen Krücken über den Rasen humpele, streicht sie mir über den Rücken. »Egal, wie du dich entscheidest, ich bin auf deiner Seite. Ich werde immer stolz auf dich sein, kleiner Bruder.«

Da ist sie womöglich die Einzige.

Als wir bei den Tischen ankommen, geht Lori zu Dad, der ganz an den Rand verbannt wurde, während ich mich zur Crème de la Crème setze.

Der General stellt sich an das Podest und beginnt seine Rede damit, wie stolz er auf mich und meinen Einsatz in diesem Krieg ist. Kurz darauf schon schwelgt er in Erinnerungen an seine eigenen Heldentaten in Vietnam. Von da an geht es nur noch um seinen Aufstieg als Befehlshaber im Golfkrieg bis zur Beförderung zum Generalmajor. Als wüsste er, dass er schon zu lange von sich selbst redet, endet er schließlich unter großem Hurra bei den weltweiten Kräften des Bösen, die Amerika vernichten wollen, und wie wichtig es sei, ein starkes Militär zu haben.

Es folgen weitere Redner, die alle meinen Heldenmut loben (und noch mal ausdrücklich auf ihre langjährige Freundschaft mit dem General hinweisen). Lori – das kann ich selbst von meinem Platz aus erkennen – sieht aus, als müsste sie gleich kotzen.

Endlich ist das Ganze zu Ende, wir müssen aber noch so lange bleiben, bis mir jeder Gast ein letztes Mal gratuliert hat. Bevor wir gehen dürfen, nimmt mich der General zur Seite.

»Was hast du jetzt vor, mein Junge?«

Obwohl er mein Großvater ist und ich ihn mein ganzes Leben lang kenne, schüchtert es mich dennoch ein bisschen ein, so dicht neben einem ehemaligen Generalmajor zu stehen, der früher das Kommando über Zehntausende von Soldaten hatte. Während meiner Dienstzeit habe ich den für unsere Division zuständigen General noch nicht einmal *gesehen*.

Er meint nicht, was ich heute Abend vorhabe oder in den nächsten Tagen, bevor es dann theoretisch zur Reha ins Walter-Reed-Militärkrankenhaus geht. Er meint die Zukunft.

»Ich nehme an, deine Verletzungen werden dich nicht daran hindern, in den aktiven Dienst zurückzukehren?«

»Davon gehe ich aus, Sir. Anscheinend habe ich Glück gehabt. Die Ärzte meinten, wenn ich noch mehr von meinem Ringfinger verloren hätte, wäre ich um eine ehrenhafte Entlassung nicht herumgekommen.«

Der General schaut kurz auf seine goldene Armbanduhr. Dann wieder zu mir. »Wir müssen reden, Junge. Nicht jetzt, aber bald. Ende der Woche verreise ich geschäftlich. Also auf jeden Fall vorher.«

BRAD

Brads Büro auf dem Stützpunkt befand sich in einem Container, den er sich mit einem anderen Gruppenführer teilte. Die Tür stand einen Spalt offen. Nicht weit genug, um reinzuschauen. Ich klopfte. Keine Reaktion. Ich klopfte noch mal.

»Staff Sergeant?«

Immer noch keine Antwort.

Ich schob die Tür so weit auf, dass ich einen Blick hineinwerfen konnte. Das Büro war mit Sperrholzplatten verkleidet. Brad saß an seinem Schreibtisch, nach vorne gebeugt, das Gesicht in die Hände gestützt. An der Wand über dem Schreibtisch hing eine Karte vom Tal.

»Staff Sergeant?« Er rührte sich nicht.

»Ähm, Staff Sergeant Burrows?«, sagte ich jetzt etwas lauter.

Nichts. Wenn seine Brust sich nicht gehoben und gesenkt hätte, hätte ich nicht gewusst, ob er überhaupt atmete.

Ich trat einen Schritt näher. »Staff Sergeant, Sie wollten mich sprechen?«

»Hast du sie wirklich nicht angerührt?« Seine Stimme klang durch die Hände gedämpft. Die Frage kam so aus heiterem Himmel, dass ich erst gar nicht wusste, wovon er redete.

»Pardon? Oh, Sie meinen … Nein, Staff Sergeant Burrows. Wie gesagt, wir waren danach nur noch Freunde.«

Brad hob den Kopf ein Stück und sah mich aus seinen geröteten Augen an. »Aber du hättest es gern, oder?«

»Nein, Staff Sergeant Burrows. Das ist schwer zu erklären, Staff Sergeant Burrows.«

So, wie er mich jetzt ansah, merkte ich, dass mit ihm etwas nicht stimmte. Es war sein unruhiger Blick. Er blinzelte immer wieder und starrte dann einfach geradeaus. »Versuch's doch mal. Hier drin kannst du den Staff Sergeant übrigens vergessen. Sarge genügt.«

»Also, Sarge, ehrlich gesagt war ich anfangs ziemlich fertig. Ich meine, wer wäre das nicht? Ich hab überlegt, was ich mit Ihrer Corvette anstelle. Lack zerkratzen. Scheiben einschlagen. Reifen aufschlitzen. So was in der Art.«

Er grinste. »Klingt gut. Warum hast du's nicht gemacht?«

Von unter dem Container waren Kratzgeräusche zu hören. Wahrscheinlich Ratten. »Aus zwei Gründen, Sarge. Erstens wäre klar gewesen, dass ich es war. Zweitens bin ich wohl einfach nicht der Typ dafür.«

Brad legte das Gesicht wieder in die Hände. Als wäre der Kopf zu schwer für seinen Hals. »Das hat Alyssa auch gesagt. Ihr wart also wirklich nur gute Freude?«

»Ja, Sarge. Wahrscheinlich, weil wir so viel Zeit zusammen verbracht hatten und uns so gut kannten.«

Es wurde still. Brad ließ die Hände sinken und blickte auf die Karte an der Wand. An den Rändern hing ein halbes Dutzend Fotos von Alyssa, ein paar mit ihrer Tochter Amber. Als er den Mund wieder öffnete, kam gerade mal ein Flüstern heraus. »Sie meinte, du seist ein aufrichtiger Kerl. Nicht so einer, der rumerzählt, mit wem er schon alles was hatte.«

Mein Blick blieb bei einem Foto hängen, das Brad und Alyssa vor der Franklin High zeigte. Wie unfassbar weit weg das alles schien.

»Glaubst du, sie war mir treu?«, fragte Brad mit heiserer,

gequälter Stimme. Es musste ihn einige Überwindung kosten, mir – einem einfachen Soldaten und Ex-Freund seiner Frau – eine so persönliche Frage zu stellen.

»Ja, Sarge, ich glaube, ja.« Ich rechnete damit, dass er sich zu mir umdrehen würde. Vielleicht erleichtert wäre. Mir vielleicht sogar danken würde.

Aber er tat nichts dergleichen. Nach einer kurzen Pause fuhr er fort: »Scheint nicht so, als wüsste jemand hier über deinen Großvater Bescheid, oder?«

»Nein, Sarge. Und ich weiß das zu schätzen, Sarge. Wirklich.«

»Du hast mich ja darum gebeten, Private.«

»Ja, Sarge, das stimmt.«

»Kann ich dir vertrauen, Private Liddell?«

»In welcher Hinsicht, Sarge?«

»In jeder Hinsicht, Private. Was hat Alyssa über dich gesagt?«

»Ähm … dass ich ein aufrichtiger Kerl bin. Keiner, der rumerzählt, mit wem er schon alles was hatte.«

Er sah mich wieder aus seinen blutunterlaufenen Augen an. »Hast du jemals deinen Gruppenführer völlig am Boden gesehen, weil er sich fragt, ob seine Frau ihm treu war?«

»Nein, Sarge. Nicht, dass ich wüsste.«

»Richtig. Jetzt beweg deinen blöden Arsch hier raus.«

»Ja, Sarge.« Ich gehorchte.

LORI

»Jake! Wach auf!«

Ich öffne die Augen. Das Licht ist an, ich sitze aufrecht im Bett. Loris Gesicht ist direkt vor meinem, die Stirn voller Sorgenfalten. Sie hält mich mit beiden Händen an den Bizeps fest, ich glaube, sie hat mich gerade geschüttelt. Ich keuche, mein Herz rast, mein Pyjama fühlt sich feucht an. Mein erster Gedanke ist, dass ich im Schlaf ins Bett gepinkelt habe. Aber meistens ist es kein Urin, sondern Schweiß.

»Mein Gott, alles okay mit dir?« Lori sieht mich verängstigt an.

»Ja.« Ich atme jetzt ruhiger, aber mein Herz schlägt immer noch in Speed-Metal-Geschwindigkeit. Ich habe von dem Angriff geträumt. Ich war auf dem Dach, unter mir auf der Straße wurde geschossen. Ich lag auf dem Rücken, geblendet vom grellen Sonnenlicht. Ich wollte mich zur Seite drehen, aber es ging nicht. Es fühlte sich an, als wäre meine Schutzweste auf dem Dach festgeschraubt. Über mir tauchte ein Schatten auf – der Mann mit den weiten Klamotten und der Kappe. Er zielte mit seiner Kalaschnikow auf mich. Verzweifelt tastete ich auf dem sandigen Dach nach einer Waffe oder irgendwas anderem, womit ich mich hätte verteidigen können. Aber da war nichts. Ich lag auf dem Rücken, konnte mich nicht bewegen, und der Mann kam immer näher. Der dunkle Tunnel im Lauf der Kalaschnikow wurde immer größer.

»Du hast so laut geschrien. So etwas hab ich noch nie gehört. Ich hab dich die ganze Zeit geschüttelt, aber du wolltest nicht aufwachen.« Loris besorgter Blick scheint zu fragen, was ich wohl erlebt habe, um so schlimme Sachen zu träumen. Die wirklich schlimmen Sachen habe ich ihr natürlich nicht erzählt. Darüber reden bedeutet, es noch einmal zu durchleben. Es noch einmal zu durchleben bedeutet, es noch einmal zu fühlen. Und so etwas fühlen möchte ich nie wieder.

Mit dem Zipfel ihres T-Shirts wischt sie mir den Schweiß von der Stirn. Wir sitzen eine Weile schweigend da. Schließlich sagt sie: »Ich weiß, du willst nicht darüber reden, aber vielleicht änderst du ja mal deine Meinung.«

»Danke.«

Sie küsst mich auf die Stirn und steht auf. Bevor sie aus dem Zimmer geht, löscht sie das Licht. Ich liege im Bett, starre in die Dunkelheit und spüre, wie sich mein Herz allmählich beruhigt. Im Stützpunkt gab man uns Pillen gegen die Nachtangst. Nach den Operationen im Militärkrankenhaus in Landstuhl habe ich versucht, sie abzusetzen, aber mein Geschrei weckte die anderen Patienten auf der Station. Also nahm ich sie weiter. Hier zu Hause dachte ich, in der vertrauten Umgebung sei alles anders. Ich habe seit drei Tagen keine Tabletten genommen, und heute Nacht hat mich der Horror wieder gepackt. Vielleicht wird's ja irgendwann besser. Vielleicht habe ich Glück.

BRANDI

Danke, dass du gekommen bist«, sagt sie. Es ist noch früh am Morgen, wir sitzen bei *Starbucks*.

»Ich hab nicht viel Zeit«, sage ich.

»Kein Problem.« Brandi hat mir einen Venti Coffee bestellt. Auf dem Stützpunkt gab es jeden Morgen einen Liter Batteriesäure, bevor wir für den Rest des Tages auf Rip It umstiegen. Dementsprechend zappelig waren wir.

Für sich selbst hat sie einen Green Tea Latte bestellt.

»Sieht aus wie Erbsensuppe mit Sahnehäubchen«, bemerke ich, während sie ihren Laptop aufklappt.

Sie verzieht das Gesicht. »Danke. Ich denk dran, während ich ihn trinke.«

Ich mag ihre Schlagfertigkeit. Wir hocken an einem Tisch im hinteren Bereich. Junge Leute mit Rucksäcken stehen Schlange für den ersten Koffeinkick des Tages.

Brandi hat ein Video aufgemacht, aber bevor sie es laufen lässt, sagt sie: »Darf ich dich etwas fragen, Jake? Findest du es nicht auch paradox, dass die USA ein Gesetz gegen den Einsatz von Kindersoldaten verabschieden, damit andere Länder aufhören, Kindersoldaten zu rekrutieren? Während wir das größte Kindersoldatenrekrutierungsprogramm der Welt haben?«

»Was?« Spinnt sie jetzt?

»Sorry. Hab ich Kindersoldatenrekrutierungsprogramm gesagt? Ich meinte natürlich JROTC.«

Oh. »Größer als in China?«

»Okay, das größte in der westlichen Welt.«

Das JROTC beginnt in der neunten Klasse, die Kinder werden also ab ihrem 14. Lebensjahr »geschult«. Kinderrekrutierung, klar. Aber wozu erzählt sie mir das? Ich sehe auf meine Uhr. In ein paar Minuten kommt Lori, um mich zum Bus zu bringen. Sollte ich jetzt nicht eigentlich bei Aurora sein? Und versuchen, das mit uns wieder in Ordnung zu bringen? Und was ist mit Alyssa? Ich habe mir fest vorgenommen, sie zu finden. Das ist wichtig. Viel wichtiger, als hier rumzusitzen und über die Übel des JROTC zu diskutieren.

Und trotzdem bin ich hier. Vielleicht aus Bewunderung für Brandi, weil sie jemand ist, der sich nicht nur Gedanken über sich selbst macht. Jemand, der an etwas glaubt und bereit ist, dafür einzutreten.

Brandi startet das Video. Wir sehen ein Drillteam in der Sporthalle der Franklin High. Das Team trägt Paradeuniform, rotes Barett, weißer Krawattenschal und Handschuhe, Achselschnüre. Auf Befehl schlagen sie unisono auf ihre Gewehre, lassen die Bolzen auf- und wieder zuschnappen. Nehmen Haltung an. Kehrt und marsch. Die gebellten Befehle des Unteroffiziers werden von Brandis Stimme aus dem Off übertönt: »Laut US-Armee ist das Junior-Reserveoffizier-Training-Corps-Programm JROTC *keine* Vorbereitung auf das Militär. Tatsächlich taucht das Wort »Training« jedoch ständig auf. Nicht nur im Namen des Programms, sondern auch in den Werbebroschüren. Und wie angehende Soldaten werden die Teilnehmer Kadetten genannt. Der Unterricht, den sie erhalten, spiegelt in praktisch jeder Hinsicht eine militärische Ausbildung wider. Aber, um es noch mal zu wiederholen, die Armee behauptet, das Programm sei *nicht* als Vorbereitung auf das Militär gedacht.

Vielleicht interessiert es Sie auch zu wissen, dass die Gewehre, mit denen die Kadetten trainieren, nicht als Waffen bezeichnet werden. Sie heißen Drillgewehre. Sie sehen vielleicht genauso aus wie Waffen, aber das Militär sagt, dafür seien sie nicht gedacht.

Wenn Sie diese Aussagen verwirrend finden, sind Sie damit nicht allein. Nur weil die US-Armee *sagt*, JROTC sei kein militärischer Vorbereitungskurs, muss das nicht stimmen. Nur weil sie *sagen*, ein Drillgewehr sehe nicht absichtlich wie eine Waffe aus, muss das nicht stimmen. Wenn das JROTC kein militärischer Vorbereitungskurs ist, warum gehen dann schätzungsweise vierzig Prozent der Absolventen direkt nach der Schule zum Militär? Nur zum Vergleich: Weniger als zwei Prozent der Highschool-Absolventen landesweit gehen direkt zum Militär.

Mit anderen Worten, Schüler, die an diesem Training teilgenommen haben, gehen mit zwanzig Mal so hoher Wahrscheinlichkeit wie andere Schüler zum Militär. Aber, wie gesagt, die US-Armee besteht trotzdem darauf, dass das Programm *keine* Vorbereitung aufs Militär sei.«

Hier endet das Video. Ich spüre Brandis Blick auf mir. Sie wartet schweigend auf meine Reaktion.

»In ein paar Punkten könnte ich widersprechen«, sage ich. »Drillgewehre sind nur Spielzeug. Aber ich weiß, was du meinst.«

»Das ist nur die Einleitung«, erklärt sie mir. »Danach geht es darum, dass zwölf Prozent der amerikanischen Bevölkerung schwarz sind, während dreißig Prozent der US-Armee schwarz sind. Fünfzig Prozent der Bewerber aus dem JRTOC sind schwarz oder gehören einer anderen Minderheit an. Findest du das nicht auch etwas unverhältnismäßig?«

»Das liegt daran, dass die Armee Aufstiegschancen bietet«, halte ich dagegen.

»Du meinst für die, die den jeweiligen Krieg, in dem wir uns gerade befinden, überleben?«, fragt sie. »Und selbst wenn sie überleben, fünfzig Prozent der obdachlosen Veteranen sind schwarz. Klingt für mich nicht direkt nach Aufstiegschance.«

»Sieh mal, Brandi, unsere Armee ist eine Freiwilligenarmee. Niemand wird gezwungen, sich zu melden …«

Brandis haselnussbraune Augen durchbohren mich. »Jetzt spiel hier nicht den dummen weißen Hinterwäldler, Jake Liddell. Minderheiten haben in diesem Land nicht ansatzweise dieselben Bildungs- und Jobchancen wie Weiße. Für viele ist die Armee keine Chance, sondern eine von drei Optionen. Die anderen beiden sind ein Mindestlohn, von dem man nicht leben kann, oder Kriminalität und Gefängnis. So gesehen ist das Militär die einzige Option. Auch wenn man mit dieser Wahl sein Leben riskiert.«

Okay, offenbar hat sie sich bestens informiert. Das Thema liegt ihr am Herzen. Und ich schätze, sie hat recht mit dem, was sie sagt. Aber …

»Warum erzählst du mir das?«, frage ich.

Gleich fängt die Schule an. Die Schlange vor den Baristas ist kürzer geworden. Brandi beugt sich vor. Ihr süßer Duft passt nicht so richtig zu ihrem funkelnden Blick. »Weil *du* etwas ausrichten kannst, Jake. Du könntest den Mund aufmachen. Du könntest das JRTOC als das militärische Ausbildungsprogramm für Minderheiten und Kinder bloßstellen, das es in Wirklichkeit ist. Du bist ein Held. Du bist der Enkel von General Windy Granger. Die Leute hören dir zu.«

Okay, jetzt verstehe ich.

Brandis Augen deuten auf den Bildschirm.

»Du willst, dass ich in dem Video mitmache?«

»Ja.« Sie erzählt mir vom Nationalen Netzwerk gegen die Militarisierung der Jugend, Veteranen für den Frieden, Bund der Kriegsgegner und einem Projekt, das Jugendliche über berufliche

Möglichkeiten außerhalb des Militärs aufklärt. Alles Organisationen, die sich aktiv gegen das JRTOC stellen.

»Ich sag's dir ganz offen, Jake. Was du in dem Video gesehen hast, ist nichts Neues. All diese Organisationen wissen genau, was hier in Wirklichkeit läuft. Aber wenn du von deinen eigenen Erfahrungen sprichst ... *Das* wäre etwas ganz anderes. Dann könnte das Video wirklich Eindruck hinterlassen.«

Amerikanischer Kriegsheld spricht sich gegen JRTOC aus und nennt es militärisches Ausbildungsprogramm für Minderheiten und Kinder.

Ich verschränke die Arme und lehne mich zurück. »Ich bewundere deine Entschlossenheit, Brandi, aber die Gründe, die du nennst, warum ich mich gegen das JRTOC aussprechen soll, sind genau das Problem. Weil ich als Held gelte. Weil ich der Enkel von Windy Granger bin. Weil ich selbst das Training absolviert habe. Ich sage nicht, dass du unrecht hast. Ich stimme dir zu, dass das Programm eine genauere Betrachtung verdient. Und die Armee selbst auch. Ich sage nur, wenn ich das mache, würde es an Hochverrat grenzen.«

Und es wäre nicht das erste Mal, dass der Name Liddell mit diesem Wort in Verbindung gebracht wird.

Brandi verzieht das Gesicht. »Warum sollte das Hochverrat sein? Du bist ein ...«

Ich hebe die Hand. Das H-Wort habe ich inzwischen oft genug gehört. »Tausende von Schülern, ob Minderheiten oder weiß, haben dieses Training absolviert und sind froh darüber. Einige sind zur Armee gegangen, andere nicht. Sieh es doch mal so. Das Programm liefert den Schülern einen Vorgeschmack auf die Armee, ohne dass sie sich für zwei Jahre verpflichten müssen. Das ist doch nichts Schlechtes.«

Brandi macht ein mürrisches Gesicht, widerspricht aber nicht.

»Und es gibt noch einen Grund«, fahre ich fort. »Ich kann das meiner Familie nicht antun. Und auch nicht den Familien all der Soldaten, die das JRTOC gemacht haben und zum Militär gegangen und nicht zurückgekommen sind. Dein Video ist die eine Seite der Geschichte, Brandi. Und du hast vollkommen recht. Diese Seite sollten auf jeden Fall mehr Menschen kennenlernen. Aber es ist nicht die einzige.«

Aus dem Augenwinkel sehe ich draußen Loris Honda halten. Ich muss los. Ich greife nach meinen Krücken und will aufstehen. Brandi sieht mich erstaunt an.

»Viel Glück mit deinem Video«, sage ich. »Danke, dass du es mir gezeigt hast. Und danke für den Kaffee.«

Al Jahim

Ich laufe zurück durch den Hof in einen Gang hinein und denke jedes Mal, wenn ich um eine Ecke biege, dass dort jemand stehen und mich umlegen könnte. Als ich an einer Tür vorbeikomme, höre ich Geräusche.

Das sind Schüsse! Hinter der Tür fallen Schüsse. Und wenn sie von da drinnen kommen, kann man davon ausgehen, dass es nicht unsere Leute sind. Ich muss zu Skitballs. Ich muss zu den Jungs, die hinter dem Truck hocken. Aber zuerst muss ich mich um das hier kümmern.

Mit der Schulter voran breche ich durch die Tür. Eine Frau in einer schwarzen Abaya schreit auf. Der Raum ist schwach beleuchtet, ich sehe nur zwei Frauen, eine älter, eine jünger, und ein Baby. Auf der anderen Seite ist eine zweite Tür, durch die Tageslicht dringt. Der Schütze kniet vor dem Fenster, das Gewehr liegt auf der Fensterbank.

Ich bin bei ihm, bevor er sich umdrehen kann. Ein dürrer Junge, nicht älter als zwölf. Seine Repetierbüchse ist wahrscheinlich an die hundert Jahre alt. Das Ding ist so lang und schwer, dass der Junge sie kaum herumschwenken kann. Ich packe sie am Schaft und reiße sie ihm aus den Händen.

Er duckt sich. Was mache ich jetzt? Er hat auf Amerikaner geschossen. Wahrscheinlich hat er jemanden verletzt oder sogar getötet. Komischerweise sieht er nicht zu mir, sondern quer durch den Raum. Ich wirbele herum, in der Erwartung, einen zweiten Angreifer vor mir zu haben. Stattdessen liegt dort ein Mann an der Wand. Sein stoppeliges Gesicht ist bleich und verschwitzt, das Hemd blutdurchtränkt. Er starrt mich aus glasigen Augen an, sein Atem geht flach und schnell.

Er stirbt.

Und ich wette jeden Cent, dass er der Vater des Jungen ist.

Das erklärt wahrscheinlich, warum der Junge geschossen hat.

Ich packe ihn am Arm und zerre ihn ins andere Zimmer, setze ihn zu der älteren Frau in der Abaya und zeige mit dem Finger auf ihn. Das allgemeine Zeichen dafür, sich nicht vom Fleck zu rühren. Dann gehe ich zurück in den anderen Raum und schließe die Tür hinter mir. So kriege ich wenigstens mit, falls jemand mit einem Fleischermesser auf mich losgehen will.

Ich stelle mich ans Fenster, durch das der Junge geschossen hat, und sehe gerade noch rechtzeitig die beiden Aufständischen, die sich an die Männer hinter dem Truck heranschleichen. Sie haben sich aufgeteilt und sind kurz davor zuzuschlagen.

»He, ihr Schwachköpfe!«, rufe ich.

Beide wirbeln herum. Den einen treffe ich, aber der andere hat noch Zeit, zwei Schüsse abzugeben. Im nächsten Moment werde ich nach hinten geschleudert. Der Scheißkerl hat mich erwischt.

Sekunden später wird er in einem Feuerhagel von unseren Jungs niedergemäht. Zum Glück hat mein Ruf sie wie erhofft auf mich aufmerksam gemacht.

Das Feuergefecht geht weiter. Hunderte von Kugeln in der Minute peitschen durch die Luft. Das totale Chaos. Irgendwann gelingt es mir, mich aufzusetzen und mit dem Rücken gegen die Wand zu lehnen. Die Stelle, wo ich getroffen wurde, zwischen Hüfte und Brustkorb, brennt wie Feuer. Mit Glück liegt die Wunde so weit rechts, dass nicht der Dickdarm getroffen ist. Aber ich kann mich nicht bewegen, ohne unerträgliche Schmerzen zu verspüren.

Zwei, drei Meter entfernt von mir liegt der sterbende Vater des Jungen. Er atmet immer noch schnell, seine Haut ist grau, es scheint, als würde er langsam verbluten. Er sieht mich traurig und verwirrt an. Eben noch haben wir versucht, uns gegenseitig umzubringen. Jetzt sitzen wir hier beide verwundet. Einer von uns, wenn nicht wir beide, wird bald vor seinen Schöpfer treten.

Kann mir bitte noch mal jemand sagen, wozu es Kriege gibt?

Zwei von den Jungs hinter dem Versorgungstruck kommen durchs Fenster. Sie erstarren, als sie den tödlich verwundeten Mann sehen, aber ich schüttele den Kopf, um klarzustellen, dass er keine Probleme machen wird. Ich habe Glück, einer der beiden ist Sanitäter. Er ballert mich mit Morphium voll und verarztet die Wunde mit Mullbinde, Verband und Tape.

Randvoll mit Schmerzmitteln, die Blutung gestillt, richte ich mich auf. Die Jungs helfen mir durchs Fenster bis hinter den umgekippten Truck. Es wird immer noch wild geschossen. Ein Unteroffizier bedankt sich bei mir, dass ich sie vor den beiden Rebellen gerettet habe. Er sagt, ich soll unten bleiben. Sie haben Luftunterstützung angefordert. Es wird nicht mehr lange dauern. Ich zeige auf Skitballs, der immer noch in der Abwasserrinne mitten auf der Straße liegt. »Das ist mein Kumpel.«

»Ich kann ihm nicht helfen, bevor die Luftunterstützung da ist«, erklärt der Unteroffizier. Um uns herum krachen weiter Gewehrsalven.

Skitballs braucht dringend Hilfe. Und wir haben einen Sanitäter hier, der über Leben und Tod entscheiden könnte.

»Ich muss ihn holen.«

»Das schaffen Sie nicht, Private«, sagt der Unteroffizier. »Der Weg dahin ist so was wie ein offener Schießstand.«

»Geben Sie mir Deckung.«

Der Offizier sagt nichts. Wahrscheinlich stellt er sich vor, was passieren würde, wenn stattdessen er dort läge. Würde sich jemand um ihn kümmern? Ich robbe los. Um mich herum peitschen die Kugeln den Staub auf. Die Jungs hinterm Truck geben mir, so gut es geht, Feuerschutz.

Ich bin bei Skitballs. Er hat die Augen aufgerissen, aus seinem glasigen Blick spricht nackte Angst. Eine Blutblase formt sich in seinem Nasenloch und zerplatzt. Er liegt mitten in den stinkenden menschlichen Exkrementen, die Lache um ihn herum hat sich rötlich gefärbt.

Ich bin ziemlich sicher, dass er an mehreren Stellen getroffen wurde, aber am meisten Blut kommt aus dem rechten Bein. Womöglich ist die Oberschenkelschlagader durchtrennt. Wenn er durchkommen soll, muss ich die Blutung stillen.

Ich greife nach meinem Erste-Hilfe-Kit und stelle fest, dass es weg ist. Keine Ahnung, wo ich es verloren habe, auf jeden Fall robbe ich jetzt nicht zurück, um mir eins zu organisieren. Das Einzige, was ich zum Abbinden benutzen könnte, ist die Reißleine an meiner Schutzkleidung.

Es herrscht ein Höllenlärm. Die Luft prasselt regelrecht vor Schüssen. Erdklümpchen wirbeln auf. Mit dem Messer an meinem Leatherman schneide ich die Reißleine durch und binde sie oberhalb der Wunde um Skitballs Schenkel. Dann packe ich ihn an den Schultern. »Halt durch, Mann.«

■ ■ ■ ■ ■

Auf dem Weg zurück zum Versorgungstruck erwischten mich die beiden Kugeln im linken Bein und zerschmetterten mir den Oberschenkelknochen und das Fußgelenk.

Als ich wieder zu Bewusstsein kam, lag ich in einem Hubschrauber. Neben mir schrie jemand vor Schmerzen.

Ein paar Tage danach erfuhr ich, dass Skitballs es nicht geschafft hatte. Und auch Clay nicht, dessen Karriere bei der Armee in dem

Moment endete, als die Sprengfallen-Kette hochging. Und Magnet? Ausgeknockt bei der ersten Explosion. Ohnmächtig während des gesamten Gefechts. Später unverletzt unter einem umgekippten Humvee gefunden.

Manche Typen haben eben einfach Glück.

MORPISS

Bist du sicher, dass du das willst?«, fragte Morpiss' Mutter am Telefon.

»Will er denn nicht?«

»Oh doch, Schätzchen, und ob. Ich will nur sichergehen, dass du weißt, was dich erwartet.«

Ich schätze, das sollte bedeuten, dass ich es nicht wusste. Aber es war mir egal, ich würde in jedem Fall fahren.

Das war vor ein paar Wochen, als ich noch von der PR-Maschinerie der Armee rumgereicht wurde. Ich hatte Aurora schon erzählt, wenn ich nach Hause käme, müsste ich Morpiss besuchen (was ich ihr nicht erzählt hatte, war, dass ich auch Alyssa besuchen musste). Als sie fragte, ob sie mich fahren könne, war ich stark versucht, ihr Angebot anzunehmen. Immerhin ging es um eine sechsstündige Fahrt in einen anderen Bundesstaat. Sechs Stunden mit Gipsbein im Bus? Ich war nicht sicher, wie das gehen sollte. Aber ich wollte nicht, dass sie mitkam. Nicht, weil ich nicht wollte, dass sie Morpiss sah. In Wirklichkeit wollte ich nicht, dass Morpiss *sie* sah. Ich wollte nicht derjenige sein, der ihm zeigte, was er so gut wie sicher nie wieder haben würde.

Wie auch immer, ob Aurora mich fährt oder nicht, steht inzwischen nicht mehr zur Debatte. Wir haben seit dem Abend im Auto noch nicht wieder gesprochen. Ich vermisse sie sehr. Mir bleiben nur noch ein paar Tage in Franklin, dann beginnt meine Reha. Mal ganz abgesehen davon, ob es tatsächlich dazu kommt, ist es doch verrückt, dass ich jetzt endlich zu Hause bin und wir nicht miteinander reden. Aber Aurora hat gefragt, ob sie auf mich warten soll. Ich habe das Gefühl, sie gehen lassen zu müssen, wenn es das ist, was sie will. Nur sollte ich tatsächlich den Mumm haben, meinen Plan durchzuziehen, schicken sie mich bestimmt nicht zur Reha. Dann schicken sie mich nirgendwo mehr hin, und ich werde wahrscheinlich für die nächste Zeit in Franklin bleiben. Ich bin allerdings nicht sicher, ob Aurora unter diesen Umständen überhaupt noch etwas mit mir zu tun haben will.

▬ ▬ ▬ ▬ ▬

Der Busfahrer schlägt vor, dass ich mich nach ganz hinten setze, damit die Leute nicht über mich rübersteigen müssen. Da sitze ich jetzt, und der Toilettengeruch und die Dieselabgase steigen mir in die Nase. Die Hitze vom Motor kriecht durch den Sitz bis in meinen Hintern, der irgendwann anfängt zu jucken. Wer wissen will, wie es im Krieg ist, sollte sich ganz nach hinten in einen Bus setzen. Aber nicht sechs Stunden. Sechs Monate.

Stinkende Scheißhäuser, Dieselabgase von Generatoren und juckender Hitzeausschlag gehörten drüben zum Alltag. Genauso wie nervenzermürbende Raketenangriffe. Trotzdem waren wir neugierig, wie es außerhalb des Lagers aussah. Ab und zu gingen wir auf Patrouille, aber nie weit genug, um auf den Feind zu treffen.

Dann erfuhren wir eines Morgens bei der täglichen Einsatzbesprechung, dass in einem Ort fünfzehn Kilometer weiter südlich ein paar Kids beim Spielen auf eine Landmine getreten waren. Alle waren tot. Laut Befehl von oben sollten die Minen geräumt werden. Eine Geste, die der örtlichen Bevölkerung zeigen würde, wer ihre *wahren* Freunde sind. Ja klar. US-Soldaten kommen von achttausend Kilometer weit weg, sprechen kein Wort ihrer Sprache und terrorisieren sie mit Killerdrohnen. Wahre Freunde, was sonst?

Um Punkt zehn Uhr sollten wir bereit sein zum Ausrücken. Es würde unser erster Vorstoß in feindliches Territorium werden. Die Jungs wurden still. Oder quasselten nervös vor sich hin.

»Kann sein, dass es ernst wird«, sagte Skitballs, während er sich den Schutzpanzer überzog. »Der erste Einsatz der Romeo Squad.«

»Mann, jedes Mal, wenn du einen Fuß aus dem Lager raussetzt, betrittst du feindliches Territorium«, erklärte Morpiss.

»Aber diesmal geht's richtig tief rein«, sagte Skitballs. »Ich hoffe nur, wir sitzen im MRAP.«

MRAP stand für *Mine Resistant Ambush Protected Vehicle,* also ein Fahrzeug, in dem man vor Minen und Hinterhalten geschützt war. Normalerweise in Truckgröße und ausgestattet mit einer sogenannten Frag-Kit-6-Panzerung, die so gut wie jede Art von Geschoss abfing, und einem V-förmigen Fahrwerk, das die Explosionskraft von Landminen ablenkte.

»Wir sollten alle in MRAPs sitzen«, murmelte ein Neuer namens Clay Gomez. Stämmig, muskulös, tätowiert und sehr ernst. An seinem ersten Tag auf dem Stützpunkt hatte Magnet vorgeschlagen, ihn Taco zu nennen, weil er Hispano war. Es brauchte drei von uns, um Clay von ihm wegzuziehen. Danach war er nur noch Clay. Stolz und tough, ein Typ, mit dem man sich besser nicht anlegte.

»Kannst du vergessen, Mann«, sagte Morpiss. »Die haben nur ein MRAP. Und wetten, da sitzen die Pioniere drin?«

»Pioniere?«, fragte Magnet.

»Die Kampfmittelräumer.«

»Was ist mit den Hunden?«, wollte Clay wissen.

»Negativ«, sagte Morpiss. »Ich hab gehört, wie der Kommandant meinte, sie hätten keine Teams übrig.«

Magnet verzog das Gesicht. »Stimmt das, dass man im Humvee immer einen Fuß vor den anderen stellen soll?«

»Wovon redest du, Mann?«

»Doch, weil wenn eine Bombe hochgeht, stehen die Chancen besser, dass du einen Fuß behältst, als wenn sie nebeneinanderstehen.«

Skitballs lachte. »Magnet, du bist so ein Spinner.« Aber das Armeeleben war voll von verrücktem Aberglauben. Dass man seine Feldmütze nicht waschen, von den Lutschbonbons nicht die grünen essen und auf Patrouille nicht das Wort »Regen« sagen durfte. Brachte alles Unglück. Das kam einem vielleicht albern vor, andererseits befand man sich in einer Umgebung, in der der Tod jeden Moment ohne Grund und Vorwarnung um die Ecke biegen konnte. Kein Wunder also, wenn man alles Erdenkliche tat, um am Leben zu bleiben.

Um kurz vor zehn traten wir bestens ausgerüstet nach draußen. Das MRAP und die Humvees standen abfahrbereit in einer Reihe. Seit wir in Gruppen aufgeteilt wurden, war Leutnant Abrams der befehlshabende Offizier. Er stand neben Brad in der Sonne und erklärte uns, die Kampfmittelräumer würden zusammen mit ihm im MRAP fahren. Die Romeo Squad, die jetzt unter dem direkten Kommando von Sergeant Burrows stand, würde in Humvees fahren.

Morpiss war ein Autofreak und wollte immer fahren. Brad saß bei uns auf dem Beifahrersitz, ich hinter Morpiss, Skitballs hinter Brad. Clay hockte im Geschützturm an der Browning M2.

»Fahren Offiziere normalerweise im Humvee, Staff Sergeant?«, fragte Skitballs, während er nervös seine Schutzkleidung zurechtrückte.

»Nicht, wenn es sich vermeiden lässt, Private«, erwiderte Brad.

»Würden sie damit nicht ein gutes Beispiel abgeben, Staff Sergeant Burrows?«

»Ja, für pure Dummheit«, knurrte Brad.

»Leutnant Abrams hat es sich verdient«, wandte Morpiss ein. »Irgendwann genießt man gewisse Vorzüge. Je länger du bei der Armee bist, desto mehr Erfahrung hast du. Je mehr Erfahrung, desto wertvoller bist du. Also wollen sie, dass du am Leben bleibst.«

»Dann … sind wir also nicht wertvoll?«, fragte Skitballs.

Niemand antwortete.

Mit dem MRAP an der Spitze verließen wir den Stützpunkt und fuhren die holprige Sandstraße entlang, hinter uns eine lange gelbe Staubwolke. Das MRAP beschleunigte.

»Wozu die Eile, Sarge?«, fragte Skitballs.

»Die ganze Aktion muss schnell über die Bühne gehen«, sagte Brad. »Je weniger Zeit die Einheimischen haben, unser Auftauchen zu melden, desto besser.«

Der Humvee fuhr über einen Huckel. Skitballs und ich stießen mit dem Helm gegen das Dach. Alle waren still und in sich gekehrt. Schweigend sahen wir die Landschaft vorbeiziehen. Flachland mit etwas Grün und einem Baum hier und da. Kaputte alte Panzer und Geschütze aus vergangenen Kriegen. Unkraut, das durch verrostete Truck-Gerippe wuchs. Bombenkrater, so alt, dass ausgewachsene Bäume darin standen. Es fühlte sich an, als hätte seit Anbeginn der Zeit Krieg in diesem Land geherrscht.

Nach einer Weile tauchte zu unserer Linken in der Ferne eine Stadt auf. Rechter Hand eine Talterrasse. »Das ist unser Ziel«, sagte Brad.

»Wenn das feindliches Territorium ist, Staff Sergeant, sitzen wir da nicht wie auf dem Präsentierteller?«, fragte Morpiss.

»Richtig, Soldat. Deswegen bewegen wir uns, wie der Dichter

sagt, auf flinkem Fuße. Und sollte der Feind sich dort rumtreiben, hoffen wir, dass er keine Zeit hatte, sich vorzubereiten.«

Die Talterrasse sah aus wie ein kleiner Tafelberg. Sie war mit Gras bewachsen, baumlos, hier und da lagen Felsbrocken, dazwischen ein paar kahle Stellen. Von der Straße aus ging es zwanzig, dreißig Meter hoch und wurde dann mehr oder weniger eben. Unsere kleine Kolonne kam am Straßenrand zum Stehen. Da wir nicht wussten, ob Aufständische in der Gegend waren, stellte Brad vorsichtshalber Wachposten auf.

Die Pioniere schwärmten mit PSS-14-Minensuchgeräten aus. Sie nannten sie Pisser. Normalerweise setzten sie HRI-Minenroller ein, ferngesteuerte Fahrzeuge, denen explodierende Minen nichts anhaben konnten. Aber das Gelände war voller Felsspalten und Rinnen, in denen sich ein HRI kaum fortbewegen konnte. Also mussten sie zu Fuß losziehen.

Die Männer fingen an, den Boden abzusuchen, und wir folgten ihnen, hielten Ausschau nach dem Feind und arbeiteten uns langsam den Hang hoch. Gewissenhaft tasteten sie jeden Zentimeter ab, auf keinen Fall durfte noch mal ein Kind auf ... BUMM!

Wir zuckten alle zusammen, dann sahen wir uns um. Aus der Rinne neben uns stieg schwarzer Rauch.

»*Aaaaah! Neieiein!*« Man konnte nicht sehen, wer da schrie. Erst dachte ich, es müsste einer der Kampfmittelräumer sein. »*Aaaaah! Scheieiße!*« Jetzt erkannte ich die Stimme. Es war Morpiss. »Oh Gott! Verdammt! Hilfe! Helft mir!«

Dann riefen alle durcheinander: »Verletztenmeldung!« »Alles klar bei euch?« »Jemand getroffen?« »Druckverband!«

»*Aaaaah! Aaaaah!*« Morpiss' Schmerzensschreie trafen mich wie Schockwellen. Sie gingen mir durch Mark und Bein und zerrissen mich innerlich. Wir konnten ihn immer noch nicht sehen. Er musste in eine Senke gefallen sein.

»Wir kommen!«, brüllte jemand.

»Morphium!«, brüllte jemand anderes.

»Wir sind gleich bei dir, Mann!«

»Romeo, nicht bewegen!« Brads donnernder Befehl übertönte die anderen Stimmen. »Habt ihr gehört, Romeo? Nicht … bewegen!«

»Aaaaah!« Ich hatte schon ein paarmal mitbekommen, wie jemand vor Schmerzen schrie. Ein gebrochener Arm beim Fußball. Ein verknackster Knöchel nach einem Ausrutscher beim Baseball. Aber so etwas hatte ich noch nie gehört. Das waren Todesqualen.

»Er braucht eine Aderpresse!«, rief jemand, der Morpiss nicht sehen konnte. Die kannten das wohl schon. Man trat auf eine Landmine …

»Nicht … bewegen!«, brüllte Brad wieder. »Könnten Plastikminen sein. Deswegen haben die Kampfmittelräumer sie auch nicht entdeckt.«

Plastikminen konnte man ohne Minenroller praktisch nicht aufspüren. Die »Pisser« waren hier vermutlich nutzlos. Es war nur eine Frage der Zeit gewesen, bis jemand auf eine trat.

»Aaaaah! Scheiße … hilft mir keiner?«

»Wir sind gleich bei dir, Mann! Wir kommen!«, rief Magnet.

Aber niemand bewegte sich. Wir waren wie gelähmt. Unsere Herzen klopften so stark, dass man das Gefühl hatte, das Blut könnte einem jeden Moment aus den Ohren spritzen.

Der Sanitäter, der mit einem Pionier mit Bodenradar unterwegs war, kam endlich bei Morpiss an. »Ich brauche eine zweite Aderpresse!«, rief er.

»Du weißt, was das bedeutet«, brummte Skitballs neben mir.

»Aaaaah! Neieieiein!« Morpiss' Schreie durchbohrten uns wie heiße Nadeln.

»Noch eine!« Das war jetzt die dritte.

Brad schickte den Rest von uns zurück den Hügel runter. »Tretet nur in die Fußabdrücke, die andere vor euch hinterlassen haben! Los jetzt, beeilt euch!«

Jeder Einheimische, der die Explosion gehört hatte, wusste, dass wir hier waren. So, wie wir den Hügel herunterhoppelten, waren wir leichte Beute. Der Traum eines jeden Schützen.

Aber womöglich gab es einen anderen Grund, warum Brad uns dort schnellstens weghaben wollte. Der Sanitäter hatte nach drei Aderpressen verlangt. Man brauchte nur eine pro Bein. Schickte Brad uns weg, weil wir nicht sehen sollten, was das bedeutete?

Wir sammelten uns bei den Fahrzeugen. Morpiss hatte aufgehört zu schreien. Wahrscheinlich bekam er eine Morphium-Infusion. Jemand zündete eine violette Rauchgranate für den Rettungshubschrauber.

Wir blieben dort, bis der Hubschrauber eintraf. Für den Fall, dass er angegriffen wurde, sollten wir ihm Deckung geben. Zum ersten Mal, seit ich auf dem Stützpunkt war, wünschte ich mir fast, dass wir angegriffen würden. Ich war wütend und verzweifelt. Morpiss und Skitballs waren die Ersten, die ich hier kennengelernt hatte. Beide waren ehrliche, offene Typen. Drückten sich nie vor ihren Pflichten oder versuchten, es sich leicht zu machen. Wir waren im selben Hubschrauber hergekommen und derselben Gruppe zugeteilt worden. Vom ersten Tag an waren wir beste Kumpel und nur selten getrennt.

Und jetzt war Morpiss schwer verwundet. Seinetwegen wollte ich kämpfen und töten. Den Feind mit bloßen Händen blutig schlagen. Diese Schweine hatten meinen Freund in die Luft gejagt, dafür sollten sie bezahlen.

»Dabble Corners!«, ruft der Busfahrer.

Ich öffne die Augen und schaue aus dem Fenster. Eine Kreuzung mit einem kleinen Laden, einer Kirche und einer Bar, sonst nichts. In einem zerschrammten alten Pick-up sitzt eine Frau mit langen grauen Haaren und müden Augen. Sie sieht ungefähr zwanzig Jahre zu alt aus, um Morpiss' Mutter zu sein.

»Ich wusste gar nicht, dass du auch verwundet bist«, sagt sie, nachdem ich in den Wagen geklettert bin.

»Bin schon auf dem Weg der Besserung, Ma'am.«

»Ist das da drüben passiert?«

»Ja, Ma'am.«

»James freut sich sehr, dich zu sehen. Von den anderen hört er nicht mehr viel.«

Offenbar hat Morpiss seiner Mutter nicht erzählt, woran das liegen könnte.

Kurz darauf fahren wir über eine schmale asphaltierte Straße, vorbei an Farmen und Häusern mit Vieh, das über den Hof läuft. Hier und da sieht man ein Stück Rasen mit vereinzelten Gerätschaften, alten Möbeln oder kaputten Autos. Abgemagerte, an Pfählen festgebundene Hunde. Pickende Hühner. Das echte ländliche Amerika.

Die einen gehen zum Militär, weil sie es als ihre Pflicht ansehen. Andere, weil es der einzige bezahlte Job ist, den sie finden können. Für Morpiss war es beides und wahrscheinlich die einzige Chance, hier rauszukommen.

»Hast du Lust auf Angeln?«, fragt mich Mrs Morris.

Ich sehe sie irritiert an. Wir haben die befestigte Straße verlassen und holpern über einen Feldweg durch den Wald. Schwer vorstellbar, warum man so abseits von allem leben will. Bevor ich in den Pick-up gestiegen bin, habe ich ein Blick auf mein Handy geworfen. Kein Empfang.

»Wirst du gleich sehen«, sagt sie. »James hat sich so eine Vorrichtung gebaut. Aber er soll nicht die ganze Zeit rauchen, okay?«

Aus dem Feldweg ist inzwischen eine sehr lange Auffahrt geworden. Wir kommen an eine Lichtung mit einem klapprigen Häuschen. An den Außenwänden fehlt teilweise die Verkleidung. Undichte Stellen auf dem Dach wurden mit Ziegeln in verschiedenen Farben ausgebessert. Eine Holzrampe führt hoch zur Eingangstür. Das ganze Haus ist so groß wie das Wohnzimmer des Generals.

»Bist du bereit?«, fragt sie.

Ich nicke, obwohl ich das Gegenteil denke.

»Er freut sich wirklich sehr, dich zu treffen, aber es sieht nicht gut aus.«

»Ich weiß, Ma'am.«

Sie wirft mir einen Blick zu, als wollte sie fragen: »Ja, wirklich?«

- - - - -

Ein großer hellbrauner Hund springt auf mich zu. Ich kann mich gerade noch abstützen, bevor er mir die Pfoten auf die Schultern legt und das Gesicht ableckt.

»Runter, Bandit!« Morpiss sitzt angegurtet in einem Rollstuhl, den er mit einem Hebel steuert.

Starr da nicht so hin, sage ich mir. *Nicht hinstarren*.

Die untere Hälfte seines Körpers ist weg. Nicht nur die Beine, der ganze Unterleib. Morpiss bekam seinen Spitznamen, weil er eine Blase wie ein Kamel hatte. Er konnte stundenlang trinken, ohne auf Klo zu gehen, aber wenn er dann ging, klang es wie die Niagarafälle. Er war wahrscheinlich einmal am Tag pissen, und man konnte ein Nickerchen halten, bevor er wieder rauskam. Jetzt bin ich nicht sicher, ob er überhaupt noch eine Blase hat.

Wir schlagen die Hände ein. »Yo, du Held, super, dass du da bist«, sagt er. »Hoffe, es macht dir nichts aus, dass ich nur noch die Hälfte meiner selbst bin.«

»Wie oft hast du den Satz schon gesagt?«, frage ich.

»Nicht so oft. Krieg nicht viel Besuch hier draußen.« Er streicht Bandit über den Kopf und deutet mit dem Kinn auf meinen Gips. »Wie ist das passiert?«

»Skiunfall.«

»Oh ja, hab gehört, die schwarzen Pisten dort drüben sind nicht ganz ohne.« Er grinst.

Nach der langen Busfahrt muss ich erst mal auf Toilette. In den Regalen im Bad stehen überall Pulver, Salben, diverse hautfarbene Pflaster und zusammengerollte durchsichtige und braune Schläuche. Ein Glas mit Gleitgel. Ein Klistierbeutel. *Puh.* Mit nur einem Arm schafft er das kaum allein.

Wer kümmert sich um ihn? Nur seine Mutter, rund um die Uhr?

Mrs Morris bringt uns Mittagessen. Mortadella-Sandwich, Nudelsalat und Mountain Dew. Morpiss isst mit einer Hand. Den linken Arm hat er bei der Explosion verloren. Außerdem beide Beine ab den Knien. Aber warum die drastischen Amputationen? Weil dabei beide Oberschenkelknochen gebrochen und Schmutz und Splitter in den Unterleib gedrungen sind, was zu einer so starken Infektion führte, dass das Gewebe nicht gerettet werden konnte.

Tatsächlich ist es ein Wunder, dass er überhaupt lebt.

»Komm, wir gehen angeln«, sagt er, als wir fertig gegessen haben.

Morpiss hat sich eine Angelhalterung an den Rollstuhl gebaut.

Gefolgt von Bandit nehmen wir die Hintertür. Es riecht nach brennendem Holz. Ein Weg führt zu einem kleinen See. Der Weg endet auf einer Plattform mit einem niedrigen Geländer drum herum. Wahrscheinlich damit Morpiss nicht aus Versehen ins Wasser fällt, während er mit einem großen Fisch kämpft.

»Wer hat das gebaut?«, frage ich.

»Leute aus der Gegend. Die wissen, dass ich gern angle.«

Er hat sich einen Haltegurt umgeschnallt, sodass er die Angel mit einer Hand auswerfen kann. Und er hat einen kleinen Feder-Schraubstock, mit dem er den Haken festklemmen kann, während er einen Köder anbringt. Morpiss, der Technikfreak, weiß sich immer zu helfen. Auf dem Stützpunkt hat er uns kleine Ventilatoren gebaut, aus Eisstielen, Tape, Plastikflaschen und kleinen Motoren, die über den USB-Anschluss an unseren Laptops liefen.

»Na los, schnapp dir das Teil.« Er zeigt auf eine zweite Angel. »Denk ja nicht, ich mach das für dich, nur weil du dir das Bein gebrochen hast.«

Seinen schwarzen Humor hat er nicht verloren. Ich hänge einen Köder an den Haken, werfe ihn aus und mache es mir auf einem verrosteten Gartenstuhl bequem. Bandit lässt sich neben dem Rollstuhl nieder. Das Holzgeländer ist übersät von dunklen Zigarettenbrandflecken.

»Kommen ab und zu mal Leute vorbei und angeln mit dir?«

»Wenn sie vom Meister lernen wollen. Und? Hast du mitgebracht, worum ich dich gebeten habe?«

Ich klemme mir die Angel unters Bein und hole eine nagelneue E-Zigarette raus. Morpiss' Lächeln wird breiter. »Du bist der Geilste, Private Jake Liddell.«

»Ich kann mich gar nicht erinnern, dass du auf dem Stützpunkt geraucht hast.«

»Hab ich auch nicht. Das ist eine ganz schreckliche Angewohnheit, die dein Leben um Jahre verkürzt.«

»Warum hast du dann angefangen?«, frage ich, ohne nachzudenken.

Morpiss grinst. »Du willst mich verarschen, oder?« Er nimmt einen tiefen Zug und stößt zufrieden den Rauch aus. »Oh, Mann, das Leben ist doch zu schön!«

Hier sitzen wir also. Der dreifach Amputierte und der Held. Es könnte genauso gut andersrum sein. Ich hätte auf die Mine treten können. Er hätte der Held sein können. Und jetzt erzähl mir noch einer, es gäbe einen Grund dafür, dass die Dinge so sind, wie sie sind.

Ich jedenfalls glaub nicht daran.

Der rot-weiße Schwimmer an Morpiss' Leine verschwindet unter der Oberfläche. Die Spitze seiner Angel wackelt. Er hat einen Fisch dran, holt aber die Schnur nicht ein.

»Willst du das Monster nicht an Land ziehen?« Ich zeige auf den Schwimmer, der jetzt nach rechts treibt.

»Nö. Zu klein. Es gibt keinen Fisch in diesem See, den ich nicht schon fünfmal gefangen hab. Wenn ich ihn leben lasse, kommt vielleicht was Größeres und frisst ihn.«

»Passiert so was?«

»Hin und wieder.«

Dann kommt das Gespräch auf den Krieg und unsere Freunde. Magnet ist immer ein gutes Thema, so oft, wie er fast getroffen wurde und dann doch immer ohne einen Kratzer davongekommen ist. Bei den anderen ist es weniger lustig.

»Und? Viele neue Leute kennengelernt?«, fragt Morpiss.

»Nee, kein Interesse.« Egal, was die Rekrutierer einem erzählen, die Armee wird niemals das große Abenteuercamp sein. Du gehst hin, lernst ein paar Leute kennen und betest, dass ihr alle lebend da rauskommt. Und wenn du nur einen von ihnen verlierst, dann weißt du, dass du ihn auf keinen Fall durch jemand Neuen ersetzen willst. Bringt ja nichts, wenn man den dann auch verliert.

»Wie fühlt sich das an, ein Held zu sein?«, will Morpiss wissen.

»Ungefähr so, wie du dir das denken würdest.«

»Haufen hübscher junger Dinger, die sich an dich ranschmeißen?«

»So was gibt's nur im Film.«

Ein Fischadler gleitet tief über den See, zieht dann hoch und landet auf einem Ast. Morpiss hat mir mal erzählt, er sei noch Jungfrau gewesen, als er sich eingeschrieben hat. Und jetzt? Wie es aussieht, fehlt ihm das entscheidende Werkzeug. Und warum? Weil irgendwer da oben der Meinung war, es sei gute PR, wenn wir ein paar Minen wegräumen, wo sonst Kinder spielen. Dieselben Kinder, denen man in ein paar Jahren beibringt, unsere Soldaten zu töten.

Lass gut sein, Jake, ermahnt mich die Stimme in meinem Kopf.

Bandit gähnt und rollt sich zur Seite. Morpiss und ich sind alleine. Ich bin nicht nur gekommen, um ihn zu sehen. Ich will reden. Wenn es einen Soldaten auf dieser Welt gibt, dem ich mich anvertrauen kann, dann er. »Ich hab das Gefühl, man hat uns da in etwas reingedrängt, Mann. Das fing schon mit *Call of Duty* an. Und diesen Anzeigen vom Militär, wo es um Ehre und Führung und so geht. Von wegen *Army Strong*. Die Armee macht dich stärker, klüger und angesehener. Kein Wort darüber, dass sie dich auch verwundeter und toter macht. Auf Zigarettenwerbung wird vor gesundheitlichen Schäden gewarnt. Auf jeder Flasche Schnaps steht so was. Die Leute flippen aus, wenn ein Footballspieler ein Schädel-Hirn-Trauma hat. Was ist mit den ganzen Soldaten, die ein Schädel-Hirn-Trauma haben? Warum gibt es bei Armeewerbung keine Warnung vor gesundheitlichen Schäden? Warnung: Der Eintritt in die US-Armee kann zu traumatischen und posttraumatischen Belastungsstörungen, Hirnverletzungen, der Unfähigkeit, normal in der Gesellschaft zu funktionieren, Verlust von Gliedmaßen, Verlust des Lebens oder Selbstmord führen.«

Der kleine Fisch an Morpiss' Leine schwimmt verzweifelt im Zickzack und versucht mit aller Kraft, vom Haken loszukommen.

»Jemand muss den Feind stoppen«, wendet Morpiss ein.

»Ich weiß. Ich finde nur, dass die, die sich verpflichten, besser aufgeklärt werden sollten, auf was sie sich da einlassen.«

»Dann würde sich ja niemand verpflichten. Unsere Feinde werden dich dafür lieben.«

Hier endet die Diskussion für gewöhnlich. Wir *müssen* kämpfen, weil die anderen kämpfen *wollen*. Selbst wenn es tatsächlich manchmal nur daran liegt, dass wir die großen, bösen Vereinigten Staaten sind, die behaupten, da drüben gäbe es Massenvernichtungsmittel und Terroristen. Aber was spielt das für eine Rolle für einfache Soldaten wie Morpiss und mich?

Der kleine Fisch, der um sein Leben kämpft, macht mich langsam nervös.

»Macht der jetzt die ganze Zeit so weiter? Der nervt.«

Morpiss holt die Leine ein. Es ist ein Blauer Sonnenbarsch, etwa zehn Zentimeter lang. Mit einem kurzen Ruck zieht er ihn geschickt vom Haken und wirft ihn zurück in die Freiheit.

Genüsslich zieht er an seiner E-Zigarette. »Schon mal auf die Idee gekommen, dass deine Gefühle vielleicht ganz normal sind, wenn man bedenkt, was du durchgemacht hast?«

Das fragt *er mich*? Wenn irgendjemand hier wütend und verbittert sein sollte …

»Ich denke, ich sehe das ziemlich klar«, erwidere ich.

Morpiss hängt einen neuen Köder an den Haken und wirft die Angel aus. Kleine Wellen breiten sich aus, als der Schwimmer aufs Wasser trifft, aber kurz darauf ist der See wieder spiegelglatt. Vögel zwitschern, Frösche quaken. Eine Libelle schwirrt vorbei und schwebt dann über einer Seerose. Hier herrscht Frieden. Allmählich verstehe ich, warum manche Menschen in der Einsamkeit leben wollen.

»Du hast noch ungefähr ein halbes Jahr abzuleisten, oder?« Morpiss scheint zu spüren, wohin unser Gespräch führen könnte.

»Vielleicht.«

Da ist es. Ich habe es zum ersten Mal jemand anderem als Lori gegenüber ausgesprochen.

Morpiss wirft mir einen prüfenden Seitenblick zu. »Echt? Und was ist mit der fetten Medaille, die dich erwartet?«

Meine Entschlossenheit kommt und geht. Aber wenn sie geht, dann wohl, weil ich Angst habe. Angst, Stellung zu beziehen und zu tun, was ich tief in meinem Herzen für richtig halte. Angst vor der Blamage, die ich dem General zufüge. Für die linken Medien wäre es ein großer Tag. Bestimmt graben sie auch die Geschichte von Dads Onkel David aus, der sich vor dem Vietnamkrieg gedrückt hat. Und jetzt ich, der Kriegsheld, der seine Medaille ablehnt, der sich weigert, in den aktiven Dienst zurückzukehren, der jedem, der es hören will, erzählt, Krieg sei unmoralisch und nichts anderes als Massenmord. Dass Anwerbungsprämien uns zu Auftragsmördern machten. Dass jeder Politiker, der meint, amerikanische Truppen in den Krieg schicken zu müssen, seine Kinder an vorderster Front kämpfen lassen sollte. Dann werden wir ja sehen, wie viele dieser Politiker ihr Land noch in den Krieg ziehen lassen wollen.

»Was, wenn ich es ernst meine?«, frage ich.

Zwei Stockenten segeln über uns hinweg und landen auf dem Wasser.

»Deine Familie …«, setzt Morpiss an und verstummt dann. Auf dem See stoßen die Enten die Köpfe ins Wasser und die federigen Hintern in die Höhe. Er weiß also Bescheid.

Morpiss räuspert sich. Offenbar hat er das Bedürfnis, sich zu erklären: »Man kann ja kein Buch über die US-Armee aufschlagen, ohne etwas über General Windy Granger zu lesen. Bei Wikipedia ist er außerdem auch.«

»Aber ich heiße mit Nachnamen Liddell«, erinnere ich ihn.

»Wenn du ›Liddell‹ in Franklin googelst, findest du Oberstleutnant Richard A. Liddell. Und wenn du dann weitersuchst, stößt du auf eine Hochzeitsanzeige von ihm und Miss Sutton S. Granger, Tochter vom alten Windborne höchstpersönlich. Mann, wenn ich so ein hohes Tier in meiner Familie hätte …«

»Was dann?«, frage ich.

»Wäre ich wahrscheinlich auch hin und her gerissen. Bist du deswegen hier?«

»Ich wäre sowieso gekommen. Das weißt du genau. Aber, na ja, ich mach mir schon viele Gedanken. Über das alles. Wie sie Typen wie uns mit diesem ganzen Scheiß von wegen Ehre und Pflichtgefühl anlocken. Und einen anlügen, man würde wahrscheinlich sowieso nie wirklich kämpfen. Und dann die Pillen, Mann. Der ganze Mist, den sie dir verabreichen, damit du weiter funktionierst.«

»Hast du das schon mal jemand anderem erzählt?«, fragt Morpiss.

»Nur meiner Schwester.« Alle anderen Menschen in meinem Leben kann ich in drei Kategorien unterteilen: die, denen ich es nicht erzählen kann, die, denen ich nicht trauen kann, und die, die ich damit nicht belasten kann.

»Kriegsheld und Enkel des berühmten Generals Granger lehnt *Silver Star* ab und will nicht in den Krieg zurück.« So lautet in Morpiss' Augen die Schlagzeile.

Ich stelle mir vor, wie ein Abschleppwagen den neuen Jeep Wrangler zurück zum Händler bringt.

»Es gibt massenweise Bücher und Filme über die Schrecken des Krieges«, erinnert mich Morpiss. »Man sieht es dauernd in den Nachrichten. Du musst schon hinterm Mond leben, um nicht zu wissen, was Krieg ist.«

»Was dich aber nicht davon abgehalten hat, zur Armee zu gehen, oder?«, frage ich. »Mich auch nicht. Vielleicht glaubt man es erst, wenn man bei fast fünfzig Grad vierzig Kilo Ausrüstung durch die Gegend schleppt und Sand in den Augen und im Schritt hat und einem das Herz bis zum Hals klopft, weil man in den Lauf einer feindlichen Kalaschnikow guckt.«

»War das nicht schon immer so?«

»Die Menschen sind auch schon immer an Krebs gestorben. Das bedeutet ja nicht, dass man nicht nach einem Mittel dagegen sucht.«

»Schön gesagt.« Mit der verbliebenen Hand schlägt Morpiss auf die Armlehne seines Rollstuhls – seine Version von Klatschen, nehme ich an.

Auf dem See springt ein Fisch aus dem Wasser und platscht wieder hinein. Der Seeadler fliegt los, wahrscheinlich in der Hoffnung, dass der Fisch noch mal springt. Man könnte einwenden, dass wir in diesem Land nur deswegen einigermaßen sicher sind, weil wir dort drüben Krieg führen, statt ihn hierherkommen zu lassen.

Nur würde er tatsächlich herkommen? Welches Land außer den USA kann Zehntausende Soldaten an irgendeinen Ort auf der Welt schicken und sie dort auch noch versorgen?

Als könnte er meine Gedanken lesen, sagt Morpiss: »Weißt du, wie ich darüber denke, Jake? Wenn du aus der Armee austrittst und dich dagegen aussprichst, wie dieses Land seine Soldaten anwirbt, wird das auf viele Menschen negative Auswirkungen haben. Ein echter Held bringt Opfer für sein Land. Ich sage nicht, dass du das nicht schon getan hast. Aber wer bestimmt denn, wo das Opfer endet?«

Und das sagt jemand, der weiß, was das Wort »Opfer« bedeutet.

- - - - -

Am nächsten Nachmittag sitze ich wieder im Bus nach Franklin, auf dem heißen Sitz in den Dieselabgasen. Ich schaue auf mein Handy. Zurück in der Welt der Balken. Brandi hat mir eine Nachricht geschrieben, sie will mich noch mal treffen. Ich bewundere ihre Hartnäckigkeit, bin aber auch überrascht. Ich dachte, ich hätte mich klar ausgedrückt, dass ich nicht in ihrem Video mitmache.

Viel mehr beschäftigt mich allerdings, dass ich weder von Aurora noch von Alyssa etwas gehört habe. Die Zeit wird knapp. Ich sollte mir Brandi als Vorbild nehmen und mir mehr Mühe geben.

Ich schaue aus dem Fenster. Diese saftig grüne Landschaft ist so anders als die sonnenverbrannte, kriegszerstörte Wüste drüben. Die schiefen, zerbombten Gebäude. Die Krater. Der Schutt und die verbogenen Stahlstangen überall. Ein einziges Bild der Verwüstung. Aber viel schlimmer als die Zerstörung des Landes war die Zerstörung von Menschenleben. In jedem Dorf gab es kleine Gruppen von unterernährten Waisenkindern, denen teilweise Arme oder Beine fehlten. Sie folgten uns überallhin und wollten uns Süßigkeiten verkaufen oder die Schuhe putzen. Natürlich würden später Krieger aus ihnen werden. Diese Kinder kannten gar nichts anderes als den Krieg.

BRAD

Lila Rauch breitete sich aus. In der Ferne hörte man das leise Knattern des Hubschraubers. Der Sanitäter stand etwa hundert Meter weiter mit Morpiss auf einer Trage. Brad hielt uns von ihm fern. Als sie ihn zwanzig Minuten zuvor von der Anhöhe runtergebracht hatten, konnten wir ihre Stimmen hören. Der Sani versuchte, Morpiss irgendwie bei Bewusstsein zu halten. »Also, was sollen wir den Leuten erzählen? Landmine oder Panzerfaust? An deiner Stelle würde ich Panzerfaust nehmen. Klingt krasser. Kannst du die Mädels ordentlich mit beeindrucken.«

Sprüche zu klopfen gehörte zu seinem Job. Er musste Morpiss ablenken, auch wenn das Morphium alles betäubte. So machte man das. Aber da sie mehrere Aderpressen gebraucht hatten, konnte man nur hoffen, dass es irgendwo ein Mädchen gab, das sich von einem Typen ohne Beine beeindrucken ließ.

Der Hubschrauber landete in einer Wolke aus Lärm, Wind und Staub. Wir sahen zu, wie sie Morpiss an Bord hievten. Dann hob der Heli wieder ab und mit ihm unser Kamerad.

Die Gesichter um mich herum waren blass und abgespannt. Morpiss war erledigt. Er war der Erste aus unserer Truppe. Die meisten von uns hatten noch niemanden gesehen, der so schwer verwundet war.

Und es für immer bleiben würde.

So etwas hatte sich keiner vorstellen können. Es gab nichts, was einen darauf vorbereitet hätte.

Skitballs saß auf seinem Helm, die Hände vor dem Gesicht, und fing an zu weinen. Ich kämpfte selbst mit den Tränen. Jemand zündete sich eine Zigarette an. Ich sah zu Brad rüber und fragte mich, was er jetzt vorhatte.

Aber unser Gruppenführer stand einfach da, sah Skitballs schluchzen und guckte grimmig. Schließlich ging er zu ihm, hockte sich neben ihn hin, legte ihm den Arm um die Schulter und redete leise auf ihn ein. Ich wollte gern hören, was er sagte, kam mir aber zu indiskret vor und blieb auf Distanz.

»Seh ich richtig?«, flüsterte Magnet.

»'ne ganz neue Seite an Sergeant Burrows«, murmelte Clay.

Wir warteten, ohne zu auffällig rüberzugucken, während Brad Skitballs tröstete. Irgendwann ging Leutnant Abrams zu ihnen und sagte etwas. Brad und Skitballs standen auf. Die Pioniere kletterten in das MRAP.

»Rückkehr zur Basis«, sagte Brad. »Wer will fahren?«

»Ich, Staff Sergeant Burrows«, meldete sich Magnet.

»Nein!«, brüllten Clay und ich gleichzeitig. Einen Moment lang sah Magnet uns überrascht an. Dann verstand er.

Clay fuhr. Magnet kam zu uns nach hinten. Niemand saß an der Browning. Vorne steckte sich Brad etwas unter die Zunge. Die Medikamente, die wir von den Ärzten bekamen, waren zum Teil sublingual einzunehmen. Er zündete sich eine Zigarette an. Unser Humvee ruckelte im Konvoi zurück zum Stützpunkt.

»Was ist mit den restlichen Minen?«, fragte Skitballs.

»Nachdem einer von uns in die Luft gesprengt wurde, bringen sie wahrscheinlich die Hunde her«, brummte Clay.

Sollte heißen: Morpiss musste erst seine Beine verlieren, damit jemand weiter oben das Landminenproblem ernst nahm.

»Morpiss hätte überhaupt nicht auf diesen Hügel gehen müssen.« Brads Worte klangen wie ein schmerzhaftes Flüstern. Ich saß allein mit ihm in seinem Büro. Wir waren vor einer Stunde von der Patrouille zurückgekehrt.

»Die Pioniere brauchten unsere Unterstützung, Sarge.«

Brad schoss hoch. Der Stuhl flog nach hinten um. Er schnappte sich eine Dose Dr. Pepper und schleuderte sie gegen die Karte an der Wand. Rotbraune Flüssigkeit spritzte heraus. Die Dose schepperte zu Boden. »Bist du froh, dass du dich verpflichtet hast?«, brüllte er schwer atmend. »Glaubst du, Morpiss ist froh? Dass man ihn als menschliches Minensuchgerät benutzt hat, weil sie gerade kein Hundeteam übrig hatten? Und jetzt hat er für den Rest seines Lebens keine Beine mehr? Und wozu das Ganze? Damit irgendein blödes Stück Land geräumt ist, auf dem dann ein Haufen Kinder spielen dürfen, die uns trotzdem irgendwann hassen werden?«

Ich stand regungslos da. Es hatte keinen Sinn, etwas zu erwidern. Das Getränk hatte sich auf dem Schreibtisch verteilt, auf Zetteln, der Tastatur, einem gelben Block mit Notizen. Brad blickte auf die vollgespritzte Karte. Er ließ die Schultern sinken und lockerte die Fäuste. Dann hob er den Stuhl auf und setzte sich, das Gesicht in die Hände vergraben. »Ich ertrag das nicht mehr …« Seine Schultern zitterten. Er schluchzte. »Ich weiß nicht, was hier los ist. Bei den ersten beiden Einsätzen hatte ich das Gefühl, ich hätte eine Mission. Ich konnte es kaum erwarten, die Schweine abzuknallen. Ich war so besessen, dass man mich praktisch festbinden musste. Diesmal ist es … als wäre ich nur noch von Finsternis umgeben. All diese Geister in meinem Kopf. Überall fliegen abgerissenen Beine und Arme rum. Blutige Stümpfe und Teile von Körpern.«

Mein Gruppenführer heulte. Es war ein bestürzender Anblick.

Ich warf einen Blick zur Tür, um sicherzugehen, dass sie geschlossen war. Dass niemand etwas mitbekam. Schließlich beruhigte er sich wieder und wischte sich mit dem Ärmel über die Augen. »Du hast geschworen, Private Liddell.«

»Ja, Sarge, ich weiß. Aber, Sarge, wollen Sie nicht vielleicht mit einem Psychologen reden?«

Brad schnaubte verächtlich. »Klar. Vielleicht gehe ich auch einfach ein bisschen draußen spazieren und zieh mir die Hose runter, damit sie mir die Eier abschießen können. Meinst du, wenn ich beim Psychologen war, werde ich noch mal befördert? Sergeant Bradley Burrows ist als Gruppenführer ungeeignet, also machen wir ihn am besten gleich zum Kompaniechef. Das ist ungefähr so sinnvoll wie ein Fliegengitter im U-Boot.«

»Aber, Sarge, wenn Sie so darunter leiden.«

Brad richtete sich auf, drückte die Schultern durch und zog die Augenbrauen zusammen. Etwas an dem Wort »leiden« rüttelte ihn auf. Plötzlich sah er wieder aus wie ein Gruppenführer. »Was hat Alyssa über dich gesagt, Private?«

Ich merkte, wie ich Haltung annahm. »Dass ich ein aufrichtiger Kerl bin, Sarge. Keiner, der rumerzählt, mit wem er schon alles was hatte.«

»Richtig, Private. Und weißt du auch, was ich als Nächstes sage?«

»Ja, Sarge. Dass ich meinen blöden Arsch hier rausbewegen soll.«

»Richtig.« Er wandte sich seinem Schreibtisch zu und fing an, die nassen Papiere abzutrocknen.

Ich ging zur Tür, blieb aber kurz stehen. »Sarge?«

»Was?«, knurrte Brad genervt.

»Wir sind alle geschockt wegen Morpiss. Aber Sie haben getan, was Sie tun mussten, Sarge. Es ist nicht Ihre Schuld.«

Brad ließ die Blätter auf den Tisch fallen. Er lehnte sich in seinem Stuhl zurück und starrte an die Decke. »Erzähl das mal den Beinen deines Kameraden. Und jetzt verzieh dich.«

AURORA

Aurora wartet an der Bushaltestelle auf mich. Ich bin so froh, dass sie da ist, und gleichzeitig ziemlich aufgeregt. Sie muss Lori angerufen haben, um rauszukriegen, wann ich ankomme. Wir umarmen uns und küssen uns flüchtig.

»Ich will nicht, dass es aus ist«, flüstert sie mir ins Ohr.

»Ich auch nicht.« Es könnte mir nicht ernster sein.

Damit mein Bein in ihren zerbeulten Toyota Corolla passt, muss ich den Sitz ganz nach hinten schieben und die Lehne fast bis zum Anschlag zurückdrehen. Ich wundere mich immer wieder aufs Neue, dass diese Karre überhaupt noch anspringt. Das Armaturenbrett ist schon rissig von der Sonne, der Tacho funktioniert nicht mehr. Die Windschutzscheibe hat einen Sprung und die Motorwarnleuchte blinkt, seit Aurora den Wagen hat.

Während sie fährt, strecke ich die Hand aus und drehe eine Locke ihres weichen Haares um meinen Finger. Wir sind seit der elften Klasse zusammen. Ich bin ihr erster richtiger Freund.

»Wie geht es deinem Freund?«, fragt sie.

»Er … ganz okay.«

Ihr Blick sagt mir, dass sie mir nicht glaubt. »Warum willst du es mir nicht sagen?«

»Aurora …«

»Du hast mir früher alles erzählt.«

Stimmt. Damals, als wir unschuldige Highschool-Kids waren,

die keine Ahnung von nichts hatten. Bevor ich rüberging. Bevor es so vieles gab, was ich am liebsten nicht gewusst und nie gesehen hätte. Und klar haben wir auch in den letzten Monaten immer wieder miteinander gesprochen per Skype oder Telefon. Aber dann habe ich ganz bewusst immer alles Schlimme ausgeklammert, nur um den Moment mit Aurora zu genießen.

»Jake, es wird nicht funktionieren, wenn du nicht ehrlich zu mir bist«, sagt sie.

Ich merke, wie ich mich verspanne. Dasselbe könnte ich zu ihr sagen. *Wie läuft's denn mit Doug Rhinebach?* Aber das wäre nicht fair. Zumal laut Emily ja gar nichts zwischen den beiden läuft.

»Wenn das, was ihm passiert ist, mir passiert wäre, würde es mit uns auch nicht funktionieren«, antworte ich.

Sie wirft mir einen eiskalten Blick zu. »Hältst du mich für so oberflächlich?«

»Nein, das habe ich nicht gemeint. Es würde nicht funktionieren, weil ich es nicht zulassen würde. Du hast etwas Besseres verdient.«

Sie verzieht das Gesicht. Ich gebe mich geschlagen.

»Okay, du willst also wirklich wissen, wie es meinem Freund geht? Er hat beide Beine und einen Teil seines Unterleibs verloren. Und den linken Arm. Er hat also nur noch den Oberkörper, seinen Kopf und einen Arm. Er lebt fernab von allem in einer Hütte im Wald und hat niemanden, der sich um ihn kümmert, außer seiner Mutter. Das Einzige, was ihm geblieben ist, ist seine Angel und eine E-Zigarette.«

Aurora schaut nach vorne und blinzelt. Wir kommen an einem *McDonald's* vorbei. Auf einem großen Schild steht: »Happy 98th Birthday, Woody!« Der Lokalheld ist Schnee von gestern. Wir fahren am *Pizza Hut* vorbei, am Kriegerdenkmal vom Ersten Weltkrieg mit seiner verrosteten Kanone und den Soldaten mit breitkrempigen Helmen. Achtunddreißig Millionen Menschen sind in diesem Krieg gestorben. Soldaten. Zivilisten. Männer, Frauen und Kinder. Aber wer nicht selbst im Krieg war, kann nicht mal ansatzweise verstehen, was das bedeutet. Wie sich das anfühlt. Es ist nicht die Zahl. Es ist das unglaubliche Leid. Im Krieg lernt man, dass man Glück hat, wenn man sofort tot ist. Alle anderen erleiden schreckliche Schmerzen und Qualen. Nicht nur durch Verletzungen. Sie verhungern, verdursten oder sterben an Krankheiten. Sie alle leben in kaum vorstellbarer Angst und Schrecken.

Und wofür?

»Das … das mit deinem Freund tut mir leid«, sagt Aurora.

Es geht nicht nur um Morpiss. Es geht um jeden Menschen, der im Krieg gestorben ist. Jeden Menschen, der verwundet und verstümmelt wurde. Nicht nur körperlich, auch seelisch.

Wir halten vor meinem Haus, aber keiner von uns steigt aus. Wir sitzen schweigend da und wissen nicht, was wir sagen sollen. Wie neulich nachts am Ende unseres »Privatwegs« im Wald. Als hätte Aurora gerade gefragt, ob sie auf mich warten soll.

Wenn ich sie wirklich liebe, wäre es vielleicht das Beste, es kurz und schmerzlos zu machen, damit sie mit jemand anderem noch mal ganz von vorn anfangen kann. Jemandem wie Doug Rhinebach, dem Erben der *Rhinebach Auto Group*.

Im Wohnzimmer wird ein Vorhang aufgezogen. Ich erkenne eine Silhouette. Dann geht der Vorhang wieder zu.

Aurora und ich blicken beide nach vorn. Sie wartet darauf, dass ich etwas sage.

Was kann ich sagen, wenn ich nicht weiß, was ich machen soll? Wenn, egal was ich mache, ich ihr aller Wahrscheinlichkeit nach wehtun werde?

Ich höre ein Schniefen. Eine Träne rollt über ihre Wange. Sie greift nach dem Schlüssel und startet den Motor.

»Es tut mir leid, Schatz«, ist alles, was ich sagen kann.

Dann ist es Zeit auszusteigen.

- - - - -

Ich liege im Dunkeln im Bett. Es ist wahrscheinlich zwei Uhr morgens. Mir schwirrt der Kopf.

Ich will Aurora nicht verlieren. Aber ich darf ihr nichts vormachen. Wenn ich wieder nach drüben gehe, mache ich mir weniger Sorgen, getötet zu werden, als mit fehlenden Körperteilen wiederzukommen. Das ist nicht das, wofür sie sich entschieden hat. Sie darf sich nicht verpflichtet fühlen, den Rest ihres Lebens mit so etwas umgehen zu müssen.

Und was ist mit Alyssa? Ich kann nicht länger warten, dass sie vielleicht irgendwann auf meine Nachrichten und E-Mails reagiert. Morgen werde ich nach ihr suchen müssen.

Und dann ist da noch meine Familie.

Und meine Zukunft.

All diese Gedanken wirbeln mir durch den Kopf. Wahrscheinlich ist es ganz gut, dass ich noch ein paar Downer hab. Bei der Armee bekommt man die in verschiedenen Stärken. Die Kurzzeit-Variante reicht für etwa vier Stunden Schlaf. Die mittlere für sechs. Dann gibt es noch Schneewittchen, damit schläfst du zwölf Stunden durch wie ein Baby und fühlst dich am nächsten Morgen, als wärst du von den Toten auferstanden.

Auf dem Stützpunkt waren es nicht nur die Vorgesetzten wie Brad, die die Dinger nahmen – in meiner Gruppe tat es früher oder später fast jeder. Nichts davon war rezeptfrei. Alles starke verschreibungspflichtige Medikamente mit diversen Warnhinweisen.

Um in so einem Krieg kämpfen zu können, kam man kaum um

das Zeug rum. Man war rund um die Uhr eingespannt und hatte nie Gelegenheit, sich mal auszuruhen und ein bisschen aufzutanken. Es zermürbte einen. Wenn man Schlaf brauchte, nahm man eine Schlaftablette. Nach einer Weile gewöhnte sich der Körper daran und man musste zwei nehmen. Dasselbe galt für Schmerzmittel und Angstlöser. Wer das Zeug schluckte, wachte morgens auf und dachte, man hätte ihm das Gehirn zugekleistert. Also nahm man ein paar Upper. Das plus Batteriesäure und Rip It, und man war angeschaltet und klar zum Gefecht.

Es war ein Teufelskreis. Bald hatten die Jungs so viel von dem Zeug intus, dass sie nicht mehr richtig denken und fühlen konnten. Und was machten die Ärzte? Gaben ihnen Antidepressiva und Antipsychotika, damit sie von den anderen Medikamenten nicht noch mehr durchdrehten. Irgendwann nahmen die Typen sieben oder acht verschiedene Pillen am Tag. Ohne dass jemand sich darum kümmerte. Niemand, der sagte: Hey, Mann, das kann nicht gut sein, so viele Medikamente gleichzeitig zu nehmen. Vielleicht solltest du ein paar davon absetzen.

Normalerweise sah man gleich, wer die harten Cocktails nahm. Die Leute entwickelten irgendwelche schrägen Macken, vergaßen im selben Moment, was man gesagt hat, oder rasteten völlig grundlos aus. Ab und zu hörte man, dass jemand paranoid wurde oder Amok lief. Und natürlich auch, dass sich jemand im Wahn die Kugel gab.

Für heute Nacht ist wahrscheinlich die mittlere Sechs-Stunden-Dosis das Beste. Morgen früh muss ich putzmunter sein. Es gibt noch viel zu tun.

DER GENERAL

Peng! Peng! Peng! Panisch gehe ich in Deckung, aber gleich darauf packt mich eine knorrige, magere Hand am Arm. »Ganz ruhig, Junge. Das sind nur Knallkörper.«

Die Hand gehört Howard Miller, der neben mir in seiner alten olivfarbenen Special-Forces-Uniform sitzt. Wir sitzen hinten im weißen Eldorado-Cabrio des Generals, seinem Parade-Wagen. Der gute alte Howie ist auch einer von Franklins Kriegshelden. Aus Vietnam. Er hat schon an mehreren Paraden teilgenommen.

Ich nehme einen Schluck aus einer Wasserflasche und versuche, mein rasendes Herz zu beruhigen. Was ist eine Parade? Ein Konvoi. Ich weiß, dass auf der Main Street keine Sprengfallen lauern, aber als die Knallkörper explodiert sind, dachte ich automatisch: *Heckenschütze!*

»Immer schön winken, Junge«, fordert der alte Howard mich aus seinem lächelnden Mundwinkel auf. An der sonnenüberfluteten Straße stehen Menschen mit Hüten und Sonnenbrillen. Manche schwenken amerikanische Fahnen. Andere halten sich schützend die Hände über die Augen. Ich weiß, wie der alte Howie sich auf so eine Veranstaltung vorbereitet. Kurz vor der Parade war ich in der Feuerwache auf Toilette und habe gesehen, wie er seine leere Wasserflasche mit einer durchsichtigen Flüssigkeit aus einem Flachmann auffüllte. *Nastrovje,* Howie!

Poff! Poff! Poff! Als die nächsten Böller explodieren, bin ich vorbereitet. Aber mein Körper verkrampft sich trotzdem. Ich kann nichts dagegen tun. Keine Ahnung, wer sich das ausgedacht hat, Kriegsveteranen mit Paraden und Feuerwerk zu ehren. Muss aber jemand gewesen sein, der nie im Krieg war.

▬ ▬ ▬ ▬ ▬

Die Parade endet vor dem Rathaus mit mehreren Reden. Mir wurde im Vorfeld gesagt, ich müsse nicht sprechen. Ich stehe nur da, nehme den goldenen Schlüssel der Stadt entgegen und bedanke mich.

Dann geht es zu *Anthony's*, dem besten Steakhouse der Stadt und dem Lieblingsrestaurant des Generals. Tatsächlich geht er so gern dorthin, dass er vor etwa zehn Jahren, als der Laden finanzielle Probleme hatte, weil die Leute nicht mehr genug Steak aßen, Anteile daran kaufte, nur um ihn am Laufen zu halten.

Unsere kleine Gruppe sitzt an einer großen runden Tafel. Während des Essens kommt hin und wieder jemand von einem anderen Tisch rüber, um den General zu begrüßen und mir zu gratulieren. Vor dem Dessert schaue ich hoch und sehe Brandi neben dem Eingang stehen. Sobald sie sicher ist, dass ich sie bemerkt habe, dreht sie den Kopf nach links und verschwindet aus meinem Blickfeld.

Ich tue so, als müsste ich aufs Klo. Brandi wartet vor der Damentoilette.

»Ich hatte so ein Gefühl, dass du hier bist«, sagt sie. »Können wir irgendwo reden?«

»Ich hab dir doch gesagt, dass ich nicht in deinem Video mitmachen kann.«

»Darum geht es gar nicht.«

»Worum dann?«

Ihre Augen wandern Richtung Speiseraum, als wollte sie mir

zu verstehen geben, dass das, was sie zu sagen hatte, ein bisschen länger dauern könnte.

»Ich weiß nicht, wie lange ich bleiben muss«, sage ich.

»Ich warte im Park.«

Hin und her gerissen gehe ich zu meiner Familie zurück. Wenn es nicht um das Video geht, worum dann? Warum habe ich nicht einfach Nein gesagt?

Der General erzählt die alten Kriegsgeschichten, die wir alle schon hundert Mal gehört haben. Die immer damit anfangen, dass jemand etwas Lustiges oder Dummes getan oder gesagt hat, und irgendwie immer damit enden, dass mein Großvater als Held dasteht. Mein Vater sitzt still daneben und sagt kaum ein Wort, so wie jedes Mal, wenn wir mit dem General zu Tisch sitzen.

Der General erklärt das Essen für beendet. Dann verkündet er, dass er und ich noch etwas zu besprechen hätten. Dad nickt mir zu und macht sich mit Lori auf den Weg nach Hause. Alle anderen gehen auch.

»Was trinkst du?«, fragt mich der General, während ein Kellner den Tisch abräumt.

Ich bin eher der Tequila-Typ, aber mit dem General trinkt man ganz klar Bourbon. Bleibt zu überlegen, welche Marke. »*Jim Beam Signature*, Sir. Auf Eis.«

»Gute Wahl.« Der General bestellt dasselbe.

»Hab gehört, du hast gestern einen Kameraden aus deiner Einheit besucht«, sagt er, während wir auf die Drinks warten.

Woher weiß er das? Hat er jemanden, der ihm täglich berichtet, was seine Familie treibt? »Ja, Sir.«

»Im Kampf verwundet?«

»Ja, Sir. Ziemlich schlimm. Hat beide Beine und einen Arm verloren.«

Der General schüttelt langsam den Kopf. »Der Fluch moderner

Kriegsführung. Als ich Soldat war, hätte so jemand nicht überlebt. Die Frage ist, was besser ist.«

Der Kellner bringt unsere Drinks.

»Auf deine Zukunft.« Der General hebt seinen Tumbler, und wir stoßen an.

Der Bourbon geht erst kalt, dann heiß runter.

»So ein Moment verlangt nach einer guten kubanischen Zigarre.« Der General seufzt, belässt es aber dabei. »Mein Junge, ich weiß, deine Zeit ist noch nicht um, und du gehst jetzt erst mal in die Reha, damit du danach wieder einsatzfähig bist. Das ist nicht nur bewundernswert und eines Helden würdig, sondern auch genau das, was ich von dir erwartet hätte. Nun werde ich dafür sorgen, dass du erst mal die Offiziersschule in Fort Benning besuchst. Du besitzt sowohl die Tapferkeit als auch die Führungsstärke, die wir bei der Armee brauchen. Wenn du dann die zwölfwöchige Ausbildung absolviert hast, kannst du als Leutnant an die Front zurückkehren. Du wirst deinen eigenen Zug führen. Und ich bin sicher, dass du dich von dort weiter hochdienen wirst.«

Er hält kurz inne und lächelt dann, was nur sehr selten geschieht. »Ich kann gar nicht sagen, wie stolz ich auf dich bin.«

»Danke, Sir, ich weiß das zu schätzen. Aber bin ich nicht ein bisschen zu jung, um Offizier zu werden? Ich bezweifle, dass erfahrenere Unteroffiziere sich gern von einem Zwanzigjährigen Befehle erteilen lassen.«

Der General sieht mich erstaunt an. »Junge, du bist für den *Silver Star* vorgesehen. Die Soldaten unter deinem Kommando werden dir mit nichts anderem als wohlverdientem Respekt begegnen.«

Ich hebe meinen Tumbler und betrachte die bernsteinfarbene Flüssigkeit. Der General *fragt* nicht, ob ich Offizier werden will. Es ist ein Befehl.

»Den Papierkram habe ich schon in die Wege geleitet«, sagt er. »Wenn du zur Reha kommst, wird dort ein Paket mit deiner Anmeldung und anderen Informationen liegen.«

Er nimmt sein Glas und kippt den Rest Whisky in einem Schluck runter, dann sieht er auf die Uhr und erhebt sich. »Ich würde gern noch ein bisschen plaudern, mein Junge, aber ich muss nach Hause. Soll ich dich irgendwohin mitnehmen?«

»Äh, danke, ich bin noch verabredet.«

Er zögert kurz, grinst dann und boxt mich leicht gegen die Schulter. »Guter Junge.«

BRANDI

Als ich in den Park gehe, strahlt mir die Spätnachmittagssonne direkt in die Augen. Brandi sitzt auf einer Bank und tippt etwas in ihr Handy. Auf dem Spielplatz nebenan schaukeln und rutschen ein paar Kinder.

»Und? Wie geht's deinem berühmten Großvater?«, fragt sie, als ich mich neben sie setze.

»Warum bist du gekommen?«

»Ich hatte das Gefühl, dass wir noch nicht fertig sind. Und du bist mir ausgewichen. Deshalb dachte ich, es gibt vielleicht noch mehr zu besprechen.«

Sie hat wieder ihre Röntgenaugen auf mich gerichtet. Als könnte sie direkt durch mich hindurchsehen.

»Jetzt musst du fragen: *Was denn?*«, sagt sie.

Ich wünschte, ich hätte den Bourbon eben nicht getrunken. Bei dieser Frau muss man auf Zack sein. »Vielleicht ist das keine so gute Idee. Ich sollte jetzt wirklich …«

Sie drückt mir die Hand auf den Schenkel und rutscht ein Stück näher. »Hattest du Freunde, die drüben gestorben sind?«

Warum musste sie mir ausgerechnet diese Frage stellen? Außerhalb der Armee hätte ich wahrscheinlich nicht die Gelegenheit gehabt, mich mit Morpiss und Skitballs und den anderen anzufreunden. Die Jungs in einer Einheit kommen meistens aus völlig verschiedenen Gegenden und sind unterschiedlicher ethnischer und sozialer Herkunft. Aber in Uniform spielte das alles keine Rolle. Wir waren voneinander abhängig, wir brauchten uns, um zu überleben. Wir waren Brüder.

»Ja.«

»Minderheiten?«

»Manche.«

»Dann weißt du, worauf ich hinauswill, Jake. Es geht mir um Menschen wie deine Freunde. Menschen, die nicht sterben müssen sollten, nur weil sie unterprivilegiert sind und keine andere Wahl haben. Da stimmst du mir doch zu, oder?«

»Was glaubst du? Ich verstehe nur nicht, warum …«

Sie hebt die Hand. »Lass mich ausreden. Du hast gesagt, es wäre dir unangenehm, in dem Video aufzutauchen, aber was, wenn …«

Eine Blendgranate explodiert in meinem Kopf. Ich kann nicht fassen, dass ich nicht früher darauf gekommen bin. »Wo ist dein Handy?«

»Was?« Brandi richtet sich auf.

»Ich will dein Handy sehen.« Sie hatte es in der Hand, als ich herkam, und jetzt sehe ich es nicht mehr.

»Warum?«

»Nimmst du das hier auf?«

»Was? Nein!«

»Dann zeig es mir.«

»Nein.«

»Ist das dein Ernst? Jetzt will ich es erst recht sehen.«

Ihre Tasche liegt zwischen uns auf der Bank.

Wir haben beide dieselbe Idee.

Aber ich bin schneller.

»Halt!«, brüllt sie und greift nach meinem Arm. Aber sie ist nicht wirklich wütend. Eher amüsiert. Ich mache die Tasche auf und fasse hinein. Sie zerrt an meinem Arm. »Ich hab ›Halt‹ gesagt,

Jake! Das kannst du nicht machen. Du verletzt meine Privatsphäre!« Sie lacht fast.

Komischerweise ich auch. »Ach ja? Tja, dann verletzt du mein … mein Recht darauf, nicht ohne Vorwarnung aufgenommen werden zu wollen.« Ich hole das Handy raus. Natürlich ist es gesperrt. Jetzt hält sie mich am Handgelenk fest und versucht, es mir abzunehmen. Aber eher gespielt als ernst. Und natürlich weiß sie, dass ich es sowieso nicht entsperren kann. Wozu dann dieser Pseudo-Kampf?

»Willst du sehen, wie ich meinen Bruder im Armdrücken geschlagen habe?« Sie packt meine Hand mit ihren beiden und stemmt sich mit der nackten Schulter gegen mich. Ich rieche ihren frischen, süßen Duft. Unser »Treffen« entwickelt sich allmählich in eine seltsame Richtung. Als Brandi anfängt, mir die Finger aufzubiegen, lasse ich los.

Jetzt hat sie das Handy, lehnt aber immer noch keuchend an mir. Wir liegen praktisch zusammen auf der Bank. Unsere Gesichter sind nur wenige Zentimeter voneinander entfernt. Als unsere Blicke sich treffen, merke ich, dass sie sich inzwischen auch fragt, was hier eigentlich vor sich geht.

Sie zieht sich zurück, setzt sich auf und streicht ihre Klamotten zurecht.

Ich greife nach meinen Krücken. »Echt jetzt, du darfst nicht einfach jemanden aufnehmen, ohne dass er es weiß.«

»Hab ich auch nicht.«

»Warum durfte ich dann dein Handy nicht sehen?«

»Weil es meins ist, und wenn ich nicht will, dass du meine Sachen anfasst, dann musst du das akzeptieren.«

»Es ging dir also nur *darum*? Dass ich deine Sachen anfasse?«

»Dass du an meine Tasche gehst. Machst du das öfter? Einfach bei irgendwelchen Mädchen in der Tasche rumwühlen?«

»Oh ja, dauernd. Ich kann nicht anders.«

Nur noch wenige Familien sind auf dem Spielplatz. Jetzt wo Brandi ihr Handy zurückhat, entsperrt sie es und zeigt mir, dass keine Aufnahme mit heutigem Datum drauf ist.

»Zufrieden?«, fragt sie.

Nein, ich bin alles andere als zufrieden. Die Atmosphäre zwischen uns ist immer noch aufgeladen. Und wie es mit elektrischen Ladungen so ist, manchmal stoßen sie sich ab, manchmal ziehen sie sich aber auch an. Ich frage mich, ob das etwas mit meiner gerade mehr als angeknacksten Beziehung zu Aurora zu tun hat.

Aber all das gehört jetzt nicht zum Thema. Allerdings kann ich mich gar nicht genau erinnern, was das Thema überhaupt war. Verdammter *Jim Beam*.

»Wir sprachen darüber, dass du nicht in meinem Video auftauchen willst«, erinnert mich Brandi.

Richtig. Ich hole ein paarmal tief Luft und versuche, mich zu konzentrieren. Unser kleines Intermezzo eben hat mich ziemlich durcheinandergebracht. Ich muss mich erst mal neu sammeln. Also, zurück zum Video.

»Ich hab dir doch erklärt, warum ich nicht mitmachen kann.«

»Wie wäre es, wenn man dich nur als Silhouette sieht?«, fragt sie. »Und wir deine Stimme verstellen?«

»So was wie ›Absolvent der Franklin High, Enkel eines berühmten Generals und verwundeter Kriegsheld, der seine Identität nicht preisgeben will‹? Hmm, ich wette, niemand würde herausfinden, wer das ist.«

Brandi lässt den Blick über den Spielplatz schweifen. Die Kinder, die hier spielen, haben keine Ahnung von der Grausamkeit und den Nöten, die Kinder in anderen Teilen der Welt erleiden. Vielleicht ist es das, was mir am meisten zu schaffen macht. Es hat noch nie einen Krieg gegeben, in dem keine Kinder gestorben sind.

»Du hast recht«, sagt Brandi. »Sobald ich irgendetwas über deinen Großvater oder deine Erlebnisse im Krieg sage, weiß jeder Bescheid. Und wenn ich nichts dergleichen erwähne, brauch ich dich auch nicht. Dann könnte es jeder sein, der drüben gedient hat.«

Ihre Enttäuschung ist offensichtlich. Irgendwie tut sie mir leid.

Sie reißt sich zusammen. »Jake, da steckt eine echte Story drin, das weißt du. Und wir brauchen jemanden, dessen Meinung zählt. Irgendwie muss das doch möglich sein. Erzähl der Welt, dass wir keine wirkliche Freiwilligen-Armee haben. Die Einberufungsmethoden haben sich geändert. Wir lassen zu, dass Minderheiten und finanziell Benachteiligte in der Hoffnung auf eine bessere Zukunft ihr Leben aufs Spiel setzen. Das ist nicht fair, Jake. Du und ich, wir wissen das. Willst du nichts dagegen tun?«

Wie kann man da nicht beeindruckt sein? Das hier ist kein Möchtegern-YouTube-Star, der mit einem kontroversen Video Aufmerksamkeit erregen will. Offenbar will Brandi nicht mal selbst in dem Video vorkommen. Sie will nur etwas für einen Haufen unschuldiger junger Amerikaner tun, denen nicht bewusst ist, dass die Regierung versucht, sie auszunutzen.

Endlich sage ich etwas. »Ich bewundere deine Entschlossenheit, Brandi. Echt. Ich meine, für etwas einzustehen, an das du glaubst und von dem du weißt, dass du dir nicht viele Freunde damit machen wirst. Vor allem hier in Franklin.«

Aber es sind nicht nur die Minderheiten und finanziell Benachteiligte, die für unser Land Opfer bringen. Es sind Typen wie ich, die von Promo-Filmen und skrupellosen Rekrutierern verführt werden. Typen, die glauben, sie seien es ihrem Land schuldig, in die Armee einzutreten. Ich hätte das alles problemlos vermeiden können. Hätte aufs College gehen und mir einen Job suchen können. Ein Leben wählen, in dem die schlimmsten Narben davon stammen, dass ich mich beim Burgerbraten im Garten am Grill verbrenne. In dem der schlimmste Albtraum ein Kratzer am neuen Auto ist.

Ich klopfe mit meinen Krücken ins Gras. Es wird spät und ich muss noch ein paar Sachen erledigen. »Also, ich …«

Bevor ich mich entschuldigen und aufstehen kann, packt sie mich am Arm. »Du hast meine Frage noch nicht beantwortet, Jake. Willst du nichts dagegen tun?«

Im letzten Tageslicht sind ihre Augen dunkel und nicht mehr ganz so durchdringend. Vielleicht finden wir eines Tages eine Antwort auf all ihre Fragen. Warum wir Armeen brauchen. Warum wir in den Krieg ziehen müssen. Warum Millionen von Menschen getötet und verstümmelt werden müssen.

Ich hole tief Luft und spreche es aus: »Würde ich ja gern, Brandi. Wenn ich nur wüsste, wie.«

ALYSSA

Ich hätte Auroras Freunde nach Alyssas neuer Adresse fragen können, aber ich wollte nicht, dass sie ihr erzählen, ich würde meine Ex-Freundin besuchen. Es war Barry, der Bassist von *The Zombie Horde*, der wusste, wo sie wohnt.

Die Adresse liegt ein Stück außerhalb von Franklin. Ich nehme ein Uber zu einer Ranch mit Backsteinfassade und großem gepflegtem Rasen. Ich klingele und warte. Drinnen brummt ein Staubsauger. Als niemand kommt, klingele ich noch mal.

Der Staubsauger verstummt. »Wer ist da?«, ruft eine Stimme.

»Jake Liddell, Ma'am. Ich bin ein Freund von Mrs Burrows.«

»Ich glaube, Sie sind hier falsch«, sagt die Stimme.

»Alyssa Burrows?«

Die Tür geht einen Spalt auf. Eine junge Frau späht durch. »Meinen Sie Alyssa Dixon?«

Sie hat also ihren Mädchennamen wieder angenommen.

»Verzeihung. Ja, genau die meine ich. Ich bin ein Freund von ihrem Mann. Ex-Mann. Von der Armee.«

Die junge Frau mustert mich, als wüsste sie nicht recht, was sie jetzt machen soll. »Sind Sie sicher, dass wir von derselben Person sprechen?«

Was soll das? Wie kann sie hier arbeiten und nicht wissen, dass Alyssa einen Mann bei der Armee hatte? In der Halle steht ein Buggy. »Sie hat eine kleine Tochter, Amber?«

Die Frau nickt, ist aber noch unsicher.

»Wenn Sie nachfragen wollen, warte ich gern.«

Aus irgendeinem Grund scheint sie mein Angebot zu beruhigen. Sie zeigt hinter sich. »Sie ist im Garten. Sie können ums Haus herumgehen.«

Kurz darauf öffne ich ein Tor, komme vorbei an einem Swimmingpool und einer Grillanlage, an der man eine ganze Einheit verköstigen könnte. Weiter hinten sehe ich Alyssa Bettwäsche aufhängen. Sie hat ihr dunkles Haar auf Schulterlänge abgeschnitten. Ihr Bizeps ist definierter, als ich ihn in Erinnerung habe. Anscheinend geht sie oft ins Fitnessstudio. Die kleine, ebenfalls dunkelhaarige Amber zupft an der Wäsche, die in einem Korb auf dem Boden steht.

Als Alyssa mich sieht, hält sie inne und bückt sich dann, um ihre Tochter auf den Arm zu nehmen.

»Ich wusste, dass du kommen würdest«, sagt sie ohne ein Lächeln. Kein besonders herzlicher Empfang. Amber zupft an den Haaren ihrer Mutter.

»Du kennst doch noch Jake, oder?«, fragt Alyssa sie. Amber schüttelt den Kopf und verbirgt das Gesicht an ihrer Schulter. Alyssa seufzt. »Ist meine kleine Prinzessin heute schüchtern?«

Amber sieht vorsichtig zu mir rüber und zeigt auf meinen Gips.

»Er ist verletzt, Schatz.« Alyssa wendet sich an mich. »Wie ich hörte, bist du jetzt ein Held. Glückwunsch.« Immer noch kein Lächeln. Sie ist misstrauisch. Vorsichtig. Defensiv.

»Danke.«

Es ist lange her, dass wir uns das letzte Mal gesehen haben. Offenbar spielt es keine Rolle mehr, dass wir einmal ein Paar und später enge Freunde waren. Mein Besuch ist ihr sichtlich unangenehm.

»Ich gehe mal davon aus, dass du mir etwas mitzuteilen hast«, sagt Alyssa. Sie sieht zum Haus. Die junge Frau, die mich empfangen hat, steht in der gläsernen Schiebetür und beobachtet uns. Als Alyssa ihr winkt, kommt sie raus.

»Kann ich dir etwas anbieten?«, fragt Alyssa mich.

»Nein danke.«

Die junge Frau ist da, und Alyssa überreicht ihr Amber, nachdem sie der Kleinen einen Kuss gegeben und ihr versichert hat, dass sie gleich ins Haus nachkäme. Eine leichte Brise raschelt in den Laken.

»Ich liebe den Geruch von luftgetrockneter Wäsche«, sagt Alyssa und sieht ihrer Tochter nach.

»Sollen wir uns setzen?«, frage ich.

»Ich denke, ja.«

Wir gehen zu einem Tisch am Pool. Der Filter gurgelt. Die Brise schiebt einen schwarz-weißen aufblasbaren Schwan übers Wasser.

»Schön hier«, sage ich.

Alyssa hört mehr in meiner Aussage als beabsichtigt. »Als Brad zur Armee ging, war er öfter weg als zu Hause. Man heiratet doch nicht, um dann nicht mehr zusammen zu sein. Meine Freundinnen sagen immer, das mit dem Kennenlernen hört nie auf. Aber je öfter Brad weg war, desto weniger hatte ich das Gefühl, ihn zu kennen.«

»Alyssa, ich bin nicht hier, um dir ein schlechtes Gewissen zu machen.«

Sie senkt die Augenbrauen. »Nach seinem ersten Einsatz konnte Brad es gar nicht erwarten, wieder rüberzukommen. Er fühlte sich in der normalen Welt nicht mehr wohl. Also hat er es so eingefädelt, dass er frühzeitig zurück zu irgendeinem Extratraining geschickt wurde. Beim zweiten Mal war es dasselbe. Das hat mich dann echt umgehauen, er hat ja nicht nur mich sitzen lassen, sondern auch Amber. Wir haben uns wirklich heftig gestritten deswegen. Er meinte immer, er könne nicht anders. Er fühle sich einfach nicht mehr wie er selbst hier. Das habe ich gemerkt. Wenn er zu Hause war, wusste er nicht, was er mit sich anfangen sollte. Aber richtig wütend gemacht hat mich, dass er Amber so schnell wieder allein lassen wollte.«

Dann schweigt sie. Hängt ihren Gedanken nach, nehme ich an. Aber als sie mich ansieht, hat sie Tränen in den Augen. »Ich weiß, dass ihr beide drüben Freunde geworden seid. Hasst du mich jetzt?«

Ich schüttele den Kopf und lege meine Hand auf ihre. »Überhaupt nicht. Was passiert ist, ist nicht deine Schuld.«

Sie wischt die Tränen weg. »Sie wollten ihn nicht mit demselben Flugzeug wie die Gefallenen nach Hause fliegen lassen. Als hätte er nicht dieselbe Behandlung verdient. Er kam in einem anderen Flugzeug, ganz allein. Niemand war da, als er hier eintraf.«

So ganz anders als mein Empfang. Und das, obwohl es kaum einen Unterschied zwischen Brad und mir gab. Wir waren beide Soldaten und taten unser Bestes, um unserem Land zu dienen. Und wurden beide schwer verwundet.

»Aber die Todesfallsumme hast du bekommen, oder?«

Sie schnieft und nickt. »Das ist für Ambers College.«

Die Frau kommt wieder raus, diesmal mit einem Tablett. Ein Krug Eistee und zwei Gläser mit Eis. Alyssa nimmt das Tablett entgegen.

»Danke, Stacy. Was macht Amber?«

»Sie guckt *Sesamstraße*.«

»Nicht zu viel Fernsehen, okay?«

Stacy nickt und geht zurück ins Haus. Alyssa gießt uns Eistee ein. Sie lächelt mich traurig an. »Schön, dich zu sehen, Jake.«

»Find ich auch, Alyssa.«

Sie nimmt einen Schluck und lässt den Blick über den weiten Garten schweifen. Ein guter Ort, um Kinder großzuziehen.

»Brad meinte, du wärst ein guter Freund gewesen. Der Einzige, mit dem er reden konnte.«

»Er war ein guter Soldat. Er hat das Beste für seine Männer getan.«

Sie runzelt die Stirn. »Du hast geschrieben, es gäbe gewisse Dinge, die du mir persönlich sagen müsstest ... Ich schätze, er hat dir erzählt, dass ich ihn verlassen habe.«

»Er hat sich die Schuld daran gegeben. Er wusste, dass er dir Angst gemacht hat. Und dass er kein guter Ehemann war. Ich glaube, er konnte tatsächlich nicht anders. Als wäre er süchtig nach dem Armeeleben, nach dem Kampf, nach dem Krieg ...«

»Warum hat er dann ...?«

»Ich weiß es nicht. Das wird man nie verstehen. Er war nicht mehr ganz richtig im Kopf. Du weißt, dass er Medikamente genommen hat, oder? Es war wie ein Monster, eine fremde Kreatur, gegen die er ankämpfen musste.«

Alyssa nickt traurig. »Er hat auch zu Hause viele Pillen genommen.«

»Nicht nur er. Die meisten von uns. Viele hatten so ein Monster, das in ihren Köpfen wütete. Du hast Brad gekannt. Bevor er zur Armee ging, wäre man niemals auf die Idee gekommen, dass er sich das Leben nehmen würde. Aber das, was der Krieg mit dir macht und was die Drogen mit dir machen, beides zusammengenommen ist tödlich.«

»Na ja, er wusste von Garth. Er wusste, dass ich ihn verlassen wollte ...«

»Wie gesagt, Alyssa, er hat nicht dir die Schuld daran gegeben, sondern sich selbst. Das war ein Teil des Problems. Er hat sich selbst die Schuld an allem gegeben.«

Alyssa holt tief Luft. »Ich hatte Angst, dass du mir erzählen würdest, es sei meine Schuld gewesen. Dass er sich nicht umgebracht hätte, wenn ich ihn nicht verlassen hätte.«

Amber kommt an die Schiebetür und presst die Stirn gegen das Glas. Sie winkt, und Alyssa winkt zurück. Dieses kleine Mädchen ist alles, was von Brad bleibt, einem Mann, der sein Leben für sein Land gegeben hat, wie jeder andere sogenannte Held.

BRAD

K*a-wumm!* Die Explosion war so laut und nah, dass die Druckwellen ein paar Jungs aus den Betten warfen. Sofort war die Luft voller Staub. Mit einem schmerzhaften Pfeifen in den Ohren suchte ich inmitten von Geschrei und Gehuste in der Dunkelheit nach einem Licht.

»Was zum Teufel …?«

»Muss direkt draußen eingeschlagen sein«, sagte Skitballs.

Alle griffen sie nach irgendwas, das man sich vor Nase und Mund halten konnte, damit der Staub nicht in die Lungen drang.

Clay fand als Erster ein Licht. »Das war keine Rakete. Oder habt ihr eine Sirene gehört?«

Kaum hatte er es ausgesprochen, heulten die Sirenen los. Reflexartig wollten wir in Richtung Bunker stürmen, blieben aber stehen, als die Sirene ausging, dann startete und dann wieder ausging. Ein Code, den man uns oft genug eingebläut hatte.

»Angriff!«, brüllte Magnet.

Es fing mit Gewehrschüssen an. Dann der markerschütternde Knall einer Panzerfaust. Und wieder Schüsse. So schnell es ging, schlüpften wir in unsere Schutzkleidung.

Die Barackentür flog auf, und Brad steckte den Kopf hinein. »Sie haben das Eingangstor aufgesprengt! Sie kommen rein!«

Dann war er weg.

Die starke Explosion, von der wir geweckt wurden, war ein Truck mit Sprengstoff, der das Eingangstor gerammt hatte. Das

Gewehrfeuer und das Donnern der Panzerfaust kamen von den Aufständischen, die durch das Loch drängten. Wir hörten das Rattern von Brads Maschinengewehr und eilten in seine Richtung, von den Baracken zum Container zur Mauer, über rauchende Trümmer, die bis zu fünfzig Meter weit geflogen waren.

Kugeln zischten uns um die Ohren und schlugen in die Mauern ein. Männer brüllten. Ich spähte um die Ecke des Containers und sah Brad hinter einem Haufen Sandsäcke hocken und schräg nach oben schießen. Ich konnte mir das nicht erklären, bis wir das Mündungsfeuer sahen. Die Rebellen hatten den Wachturm am Haupttor gestürmt und feuerten von dort auf uns. Sie nagelten uns in unserem eigenen Stützpunkt fest.

Brad winkte uns rüber und gab uns Feuerschutz, indem er den Wachturm mit mehreren Salven bedeckte. Kurz darauf kauerten Skitballs, Clay und ich bei ihm hinter den Sandsäcken.

»Nimm das Maschinengewehr.« Brad reichte Clay seine Waffe und klopfte mir auf den Helm. »Clay und Skitballs geben uns Deckung. Wir gehen da rüber.« Er zeigte auf die Ecke einer Baracke auf halbem Wege zum Turm.

Mir zog sich der Hodensack zusammen. Selbst wenn die Jungs uns Feuerschutz gaben, liefen wir direkt unter den Augen der Rebellen vorbei.

»Jetzt!«, rief Brad.

Clay und Skitballs feuerten los. Ich folgte Brad, so schnell meine Beine mich trugen, und betete, nicht getroffen zu werden. Die Kugeln sausten an uns vorbei und peitschten den Sand um unsere Füße auf. Schnaufend erreichten wir die Baracke und pressten uns mit dem Rücken gegen die Wand. Clay und Skitballs hatten das Feuer eingestellt und gingen in Deckung, während die Aufständischen ihre Munition verballerten. Uns blieb die Hoffnung, dass sie ihre Magazine irgendwann leer geschossen hatten.

»Wie viele Handgranaten hast du?«, brüllte Brad mir zu.

»Zwei, Sarge.«

»Okay, das macht insgesamt vier. Kannst du gut zielen?«

»Werden wir sehen, Sarge. Von wo aus werfen wir?«

»Im Laufen, Soldat.«

Wenn mein Sack sich vorher zusammengezogen hatte, krochen mir jetzt die Eier bis zum Hals hoch. Der Wachturm war zu allen vier Seiten offen. Aber wenn ich zu tief warf, würde die Granate die hüfthohe untere Mauer treffen und auf uns zurückprallen. Wenn ich zu hoch warf, würde sie vom Dach abprallen und wieder herunterrollen. Mit anderen Worten, wenn ich nicht perfekt zielte, war es wahrscheinlicher, dass wir selbst draufgingen, als der Feind.

»Bereit?« Brad grinste angespannt. In so einem Moment hatte ich immer das Gefühl, dass er mich testete. Als wollte er wissen, ob ich Manns genug für Alyssa gewesen war.

Vielleicht testete er aber auch sich selbst.

»Ja, Sarge.« Das M-16 war festgeschnallt, und ich hatte in jeder Hand eine Granate.

Brad gab Clay und Skitballs ein Zeichen, dass sie uns wieder Feuerschutz geben sollten, dann wagten wir uns aufs offene Gelände. Als wir nah genug dran waren, warfen wir die Granaten. Zum Glück hatten wir gut gezielt. Die ersten beiden landeten im Wachturm.

Auf einmal fiel mir auf, dass Brad einen wichtigen Teil des Plans vergessen hatte. Nachdem wir die Handgranaten geworfen hatten, was kam dann? Wir befanden uns auf freiem Feld. Brad warf sich auf mich, sodass wir beide zu Boden gingen.

Bumm!

Ich rechnete damit, dass der Turm auf uns stürzte. Im nächsten Moment war Brad wieder auf den Füßen und riss mich hoch.

Er hatte die Pistole in der Hand. »Los!« Er winkte Clay und Skitballs zu und kletterte die Wachturmleiter hoch.

Im Turm bot sich uns ein grauenhaftes Bild. Zerfetzte Körper, Blut, einzelne Gliedmaßen. Beißender Rauch. Einer der Aufständischen stöhnte. Brad kümmerte sich mit seiner Pistole um ihn. Die Genfer Konventionen sind das Letzte, woran man denkt, wenn der eigene Stützpunkt angegriffen wird und man um sein Leben und das der Kameraden kämpft. Wir hatten keine Zeit, uns um die Wunden der Feinde zu kümmern. Die Nächsten tauchten bereits auf. Wir mussten sie stoppen.

Clay und Skitballs kamen zu uns in den Turm. Wir gingen in Stellung und erwiderten das Feuer. Die Rebellen liefen die Straße hoch und drängten durch die Absperrung. Manche gingen hinter Felsen oder kleinen Erderhöhungen in Deckung. Andere standen völlig ungeschützt da. Mit denen machten wir kurzen Prozess. Währenddessen hielten die anderen uns weiter unter Beschuss.

Ein Stück weit entfernt bretterte ein Auto an der Abgrenzung entlang und hinterließ eine lange gelbe Staubwolke. Der Fahrer wendete und kam dann die Straße hoch auf das gesprengte Tor zu. Das musste die nächste Autobombe sein. Clay nahm den Wagen ins Visier und drückte ab. Die Windschutzscheibe lief weiß an und zersprang dann in tausend Stücke. Der Fahrer war sofort tot. Der Wagen rollte aus und kam etwa dreißig Meter vor dem Tor zum Stehen.

Die Rebellen richteten das Feuer weg von uns auf das Auto.

»Oh …«, fluchte Brad.

Ka-wumm!

Wir wurden nach hinten geschleudert. Der Wagen war voller Sprengstoff, den die Aufständischen mit ihren Schüssen zum Explodieren brachten. Mit brummendem Schädel robbten wir zurück an unsere Plätze, gerade rechtzeitig, bevor mehrere Panzerfaust-Projektile aus dem brennenden Wrack in diverse Richtungen flogen, als wäre es das Finale eines Feuerwerks.

Und dann kamen die Kinder.

Drei an der Zahl, in Turnschuhen und zu großen Tarnanzügen, die sie an Beinen und Ärmeln hochgekrempelt hatten. Mit Kalaschnikows im Anschlag liefen sie auf das Tor zu. Völlig entgeistert stellten wir das Feuer ein. Die Jungs bestanden fast nur aus Haut und Knochen.

»Das ist nicht deren Ernst«, murmelte Clay.

Insgeheim hofften wir, die Warnschüsse, die Brad über ihre Köpfe abgab, würden reichen, um die Kinder in die Flucht zu jagen. Stattdessen knieten sich zwei von ihnen hin und feuerten in unsere Richtung, während der Dritte weiterlief.

Diese Jungs waren gut ausgebildet.

Ein Schuss schlug in den Eckpfosten des Wachturms ein, keine dreißig Zentimeter von Skitballs' Kopf entfernt.

Als wir immer noch nicht zurückschossen, sprangen die beiden auf und rannten weiter auf uns zu. Der Erste war inzwischen am schwelenden Gerippe des Attentatfahrzeugs angekommen. Er war der Kleinste. Wahrscheinlich auch der Jüngste. Neun? Zehn? Mit einer Kalaschnikow.

Was zum Teufel macht man da?

Im Wachturm griff Brad nach meinem M-16. »Die Waffe, Soldat.«

Ich gab sie ihm.

Er nahm seine Pistole, zielte und drückte ab.

■ ■ ■ ■ ■

In den Tagen danach war ziemlich viel los. Die beiden Wachen auf dem Turm waren bei der ersten Explosion ums Leben gekommen und drei andere beim folgenden Feuergefecht schwer verwundet worden. Wir hielten einen Gedenkgottesdienst ab und gingen viel auf Patrouille, bis die Außenmauer wiederhergestellt war.

Aber egal wie viel es zu tun gab, die Kinder gingen mir nie wirklich aus dem Kopf. Wir wussten alle, dass auch Frauen und Kinder im Krieg starben. Wir wussten, dass das Militär die Ermordung unbewaffneter Zivilisten entmenschlichen wollte, indem sie es Kollateralschaden nannten. Schaden. Wie wenn man mit dem Auto gegen einen Baum fährt. Aber es ist kein Schaden. Es ist Tod. Und es anders zu nennen, macht keinen Unterschied für jemanden, der es mit angesehen hat. Die Jungs, die uns angegriffen haben, hätten in der Schule sein müssen oder draußen spielen sollen. Sie hatten keine Ahnung, was sie da taten. Als ich so alt war, bin ich auch mit meinen Freunden in den Krieg gezogen. Mit Spielzeuggewehren. Wir haben uns erschossen, sind umgefallen und gleich wieder aufgestanden. Man musste sich fragen, ob der Tod für diese Kindersoldaten realer war als für uns damals.

Jedem in unserer Gruppe war klar, warum Brad die Pistole benutzt hatte. Er wollte nicht, dass einer von uns die Verantwortung dafür übernahm. Er wollte es mit einem einzigen sauberen Schuss erledigen. Ein Maschinengewehr hätte den Jungen zerfetzt. Die beiden anderen waren auch draufgegangen. Allerdings erst ein paar Sekunden später, als das Feuer wieder eröffnet wurde. Niemand wusste genau, von wem.

Kaum etwas in diesem idiotischen Krieg machte mir mehr zu schaffen als der Tod dieser Kinder, aber ich sprach mit niemandem darüber. Ich bin sicher, dass es einigen von uns nicht anders erging. Brad sagte damals kein Wort, aber ich weiß, wie sehr es ihm an die Nieren ging. Zu dem Zeitpunkt waren wir relativ vertraut miteinander. Ich wusste, dass Alyssa die Scheidung eingereicht hatte. Komischerweise schien es Brad gar nicht so viel auszumachen. Er sagte, es sei wahrscheinlich das Beste. Er glaubte, er sei einfach kein guter Ehemann und Vater. Vielleicht hätte ich aufmerksamer zuhören oder mehr über seine Worte nachdenken sollen. Darüber, wie er sich gefühlt haben musste, um so etwas zu sagen.

Wie er sich gefühlt haben musste, um freiwillig die Aufgabe zu übernehmen, ein Kind zu erschießen. Und für immer damit leben zu müssen.

AURORA

Ich fahre im Jeep zum Haus ihrer Eltern. Ich hoffe, die hiesige Polizei hat nichts dagegen, wenn ich mit einem eingegipsten Bein unterwegs bin, das dort rausragt, wo normalerweise die abnehmbare Tür steckt. In weniger als 24 Stunden bin ich entweder auf dem Weg ins Militärkrankenhaus oder meine Welt steht kopf. Es ist schon nach fünf, und Aurora reagiert nicht auf meine Nachrichten und Anrufe. Die Uhr tickt. Ich weiß zwar noch nicht, wofür ich mich entscheide, aber ich weiß, dass ich sie nicht verlieren will.

Vielleicht war ich ein Idiot. Vielleicht wollte ich zu fair sein.

Ich schaffe es bis zu ihr, ohne von der Polizei angehalten zu werden. Aber Auroras Corolla steht nicht in der Einfahrt. Was jetzt? Soll ich durch die Gegend fahren und nach ihr suchen?

Nein.

Niedergeschlagen fahre ich zurück nach Hause. Vielleicht war es auch keine gute Idee. Vielleicht ist es zu spät für Aurora und mich.

Auf dem Rückweg komme ich am Lakeside Drive vorbei. Mehrere kleine Segelboote und Kajaks sind auf dem See unterwegs. Als ich vor einer roten Ampel vom Gas gehe, sehe ich ein Wasserski-Boot vorbeisausen.

Was ich dann sehe, lässt mich abrupt auf die Bremse treten. Die Wasserskiläuferin ist Aurora.

Wann hat sie Wasserski fahren gelernt?

Der Wagen hinter mir hupt. Wie lange ist schon grün? Ich fahre an den Rand und sehe zu, wie das Wasserski-Boot einen weiten Kreis fährt und dann wieder an mir vorbeikommt. Selbst von hier aus erkenne ich Auroras strahlendes Lächeln am Ende der Leine. Soll ich warten? Oder soll ich nach Hause fahren und sie später anrufen?

Während ich mir Gedanken darüber mache, wird das Boot langsamer. Aurora lässt die Leine los und gleitet noch ein paar Meter, bis sie ins Wasser sinkt. Das Boot wendet und hält neben ihr. Doug Rhinebach streckt die Hand aus und hilft ihr hinein.

BRAD

Mein letzter Abend zu Hause. Das Krankenbett steht nicht mehr im Wohnzimmer, dafür die Postkisten voller Briefe, daneben liegt der braune Umschlag mit den Telefonnummern und Nachrichten. Selbst wenn ich irgendwann die Zeit finde, sie zu beantworten, was soll ich überhaupt sagen?

Lori und Dad haben toll gekocht, aber die Stimmung beim Essen ist eher bedrückt. Lori hat Tränen in den Augen. Keine Entscheidung ist auch eine Entscheidung. Morgen werde ich wohl zur Reha aufbrechen. Und danach? Offiziersschule in Fort Benning, schätze ich.

Mitten beim Abendessen vibriert mein Handy. Eine Nachricht. Von Alyssa: *Hab dir eine Mail geschickt.*

Komisch.

Nach dem Essen gehe ich hoch in mein Zimmer und öffne meinen Mail-Account.

Lieber Jake,
ich bin wirklich froh, dass du bei mir warst. Ich hatte Angst davor, was du sagen würdest, aber du warst wie immer ein echter Gentleman. Ich danke dir sehr dafür. Anbei das Letzte, was ich von Brad bekommen habe. Ich habe mich oft gefragt, warum er es auf Papier geschrieben hat, statt mir einfach eine Mail zu schicken. Vielleicht wollte er, dass ich etwas von ihm habe, das ich in der Hand halten kann. Etwas, das ich Amber zeigen kann, wenn sie alt genug ist. Als du hier warst, war ich nicht sicher, ob ich

dir seinen Brief zeigen soll. Ich hatte keine Zeit, darüber nachzudenken. Aber jetzt habe ich es. Ich glaube nicht, dass Brad etwas dagegen gehabt hätte, wenn ich seine Worte mit dir teile. Und noch mal danke für dein Verständnis.
Alles Liebe, Alyssa

Ich klicke auf den Anhang. Es ist ein gescannter Brief, geschrieben auf gelb liniertem Papier. Das Papier ist zerknittert, mit roten Flecken darauf. Das hat Brad also geschrieben an dem Abend, als er die Dose Dr. Pepper an die Wand warf. An manchen Stellen sind die Seiten verschmiert, als wären sie Dutzende Male gelesen worden. Wie ich Alyssa kenne, ist das auch so.

Liebe Alyssa,
ich schreibe dir, weil ich nicht mehr kann.
Jeder Tag ist eine Qual, und es wird immer schlimmer. Das geht jetzt schon sehr lange so.
Ich weiß nicht mal, wo der physische Schmerz aufhört und der psychische anfängt. Alles vermischt sich. Jeder Tag ist ein Albtraum. Schreckliche Erinnerungen, Schuld, Angst. Die Medikamente haben mir ein bisschen geholfen … wenigstens eine Weile … aber jetzt habe ich das Gefühl, dass sie mir den Verstand rauben und die Depression, die Zweifel und den Schmerz nur noch schlimmer machen.
Das, was ich bei meinen ersten beiden Einsätzen getan und erlebt habe, verfolgt mich.
Vor ein paar Wochen traf ich am Luftwaffenstützpunkt Delta einen Typen, den wir damals Fozzy nannten. Wir waren bei meinem ersten Einsatz zusammen stationiert. Als unsere Blicke sich trafen, haben wir beide weggeguckt. Wir sind aneinander vorbeigegangen und haben kein Wort mehr miteinander gewechselt.
Ich weiß, was er dachte, weil ich dasselbe dachte. Die Dinge, die uns befoh-

len wurden. Die wir tun mussten. Informationen einholen. Den Feind töten, bevor er uns tötet. Überleben. Nur darum ging es. Versuchen zu überleben. Ich weiß nicht mal mehr, ob es je darum ging, diesen schwachsinnigen Krieg zu gewinnen.
Egal, was die Leute sagen, du kannst dich nicht fair gegenüber einem Feind verhalten, der sich dir gegenüber nicht fair verhält. Einem Feind, der freiwillig stirbt. Als ich einen Kontrollpunkt bewachen sollte, kam eines Tages eine junge Frau mit einem Bündel auf uns zu. Wir riefen ihr zu, sie solle stehen bleiben, aber sie lief einfach weiter. Nicht auffällig schnell, aber eben immer weiter. Selbstmordattentäter sind ein echtes Problem. Sie mischen sich unter die Soldaten, sprengen sich in die Luft und nehmen ein halbes Dutzend von unseren Leuten mit. Wir haben gebrüllt und gewunken, aber sie wollte partout nicht stehen bleiben. Es fehlten nur wenige Meter, bis sie nah genug war, um uns alle in die Luft zu jagen.
Jeder wusste, was zu tun war, aber niemand wollte derjenige sein, der es tat. Trotzdem, einer musste schießen. Wahrscheinlich dachte ich, ich würde ein Held sein. Nicht weil ich eine unbewaffnete Frau erschossen hatte, sondern weil ich den anderen diese schreckliche Aufgabe erspart hatte.
Ich drückte ab, und sie brach zusammen. Wir warteten aus sicherer Entfernung, was passierte.
Das Bündel, das sie dabeihatte, bewegte sich.
Mir wurde schlecht.
Ein paar von uns sahen sich das näher an. In dem Bündel war ein Baby. Das Kind hatte schwere Verbrennungen, vermutlich dank eines unserer Artillerie- oder Bombenangriffe. Sie wollte es wahrscheinlich zu uns bringen, damit wir ihm halfen.
Jetzt hatten wir nicht nur das Kind verbrannt, sondern auch noch seine Mutter getötet.
Ich wünschte, es wäre meine einzige Horrorerfahrung geblieben. War es aber nicht. So was passierte oft. Man befahl uns, Dinge zu tun, die vor jedem Militärgericht als Kriegsverbrechen eingestuft worden wären. Kei-

ner von uns wollte das. Aber wir hatten keine Wahl. Hätten wir uns geweigert, hätten wir das Leben unserer Kameraden gefährdet.
Also gehorchte ich. So wie die meisten. Ich weiß nicht, wie die anderen damit klargekommen sind. Aber all das steckt jetzt in mir, immer. Ich werde es nicht mehr los. Manchmal denke ich, nur ein Verrückter kann mit solchen Erinnerungen leben.
Vielleicht ist das das Problem. Ich habe das Gefühl, verrückt zu sein, aber irgendwie nicht verrückt genug.
Du fragst dich wahrscheinlich, warum ich überhaupt zurückgegangen bin, wenn es so schlimm war. Und sogar noch ein drittes Mal. Die Antwort ist, dass ich mich schuldig fühlte, wegen allem, was ich beim ersten Mal getan hatte. Und dummerweise dachte ich, ich könnte es besser machen als meine Vorgesetzten beim Mal davor. Ich hatte das Gefühl, es all den gestorbenen Soldaten schuldig zu sein, und auch denen, die noch lebten. Ich sagte mir, wenn ich es diesmal besser machte, würden die Geister, die mich verfolgten, verschwinden.
Vielleicht habe ich es tatsächlich ein bisschen besser gemacht. Aber es starben immer noch Menschen. Unsere Feinde wurden immer noch gefoltert und ermordet. Und die Geister waren immer noch da.
Und beim dritten Mal? Ich denke, du weißt, warum ich gegangen bin. Ich habe es zu Hause nicht ertragen, weder mich noch dich oder Amber. Ich bin wahnsinnig geworden. Du hast es ja selbst gesehen, als du ins Bad kamst und ich dasaß mit der Pistole im Mund. Du kannst dir nicht vorstellen, wie oft ich dort saß, ohne dass du reingekommen bist. Ich musste weg von euch, bevor ich irgendetwas Schlimmes vor dir und Amber machte. Deswegen kann ich es dir auch nicht verdenken, dass du die Scheidung willst. Ich bin nicht mehr der Mensch, den du geheiratet hast. Wenn ich mich nicht mehr ertrage, wie kann ich es dann von dir erwarten?
Ich schaue gerade mein Gewehr an und frage mich zum tausendsten Mal, wie heißes Messing schmeckt. Eine Patrone ins Lager schieben, sich den Lauf in den Mund stecken und … den Rest muss ich nicht erwähnen. Nicht

eine Stunde vergeht, ohne dass ich darüber nachdenke. Ich weiß nur eins. Egal, was passiert, es wird eine Erlösung sein.
Wenn du diesen Brief bekommst, habe ich getan, was ich tun musste. Es ist besser so. Amber und du, ihr bekommt das Geld von der Versicherung. Das ist um einiges mehr, als ich je für dich wert sein werde.
Wenn sie eines Tages alt genug ist, um es zu verstehen, sag ihr bitte, dass ich sie geliebt habe. Und dass ich mein Bestes gegeben habe.
Ich weiß, dass du traurig sein wirst, wenn du das hier liest. Aber versuch auch daran zu denken, dass ich jetzt nicht mehr leide. Es ist besser so.
Alles Liebe, Brad

DAD

»Wie fühlst du dich, mein Junge?«

Ich sitze draußen auf der Terrasse und schaue in den mondlosen Nachthimmel. Die Milchstraße ist eine unscharfe Diagonale durch die glitzernde Dunkelheit. Im unendlichen Universum sind wir der kleinste vorstellbare Fleck. In den Milliarden Jahren der Geschichte sind wir ein verschwindend kleiner Moment. Und doch erscheint einem hier auf der Erde alles so unglaublich wichtig.

»Jake?«

»Sorry, Dad, ich hab nur nachgedacht.«

Mein Vater zieht einen Liegestuhl neben mich und setzt sich. In zwei Gläsern klimpert Eis. Er reicht mir eins. »Bist du bereit?«

»Ich schätze schon.«

»Du schätzt?«

Will er etwas Positiveres hören? Mehr Begeisterung? So was wie »Toll, Sir. Ich kann's kaum erwarten, meinen Gips loszuwerden und wieder rüberzugehen, um noch ein paar Aufständische abzuknallen und vielleicht auch ein paar Frauen und Kinder, die zufällig zur falschen Zeit am falschen Ort sind«?

Er ist der Vater, ich bin der Sohn. Und trotzdem ist er es, der in seiner Karriere als Soldat nie einem anderen Menschen das Leben nehmen musste. Er ist der Unschuldige, der nicht mit Schuld, Scham und Schmerz durchs Leben gehen muss, weil er etwas getan hat, das er nie wieder ungeschehen machen kann. Ich bin der mit dem Blut an den Händen.

Und wie Brad nur allzu gut wusste, lässt es sich nicht mehr abwaschen.

Ich nehme einen Schluck und spüre den Bourbon durch meine Kehle laufen. Vor einer Woche bin ich nach Hause gekommen und wusste, was ich auf jeden Fall tun wollte. Ich musste Morpiss sehen. Ich musste Alyssa sagen, dass sie sich für nichts schuldig oder verantwortlich zu fühlen brauchte. Aber ich hatte auch gehofft, vielleicht noch mehr tun zu können. Nämlich vielleicht die Wahrheit erzählen zu können, so wie ich sie erlebt habe.

Krieg hat nichts Ruhmreiches. Töten macht niemandem Ehre.

Egal, wohin sie dich in den Krieg schicken, es werden immer Unschuldige sterben.

Armee-Rekrutierer können nicht die Wahrheit sagen, denn wenn sie es täten, würden sich nur Geisteskranke verpflichten.

Jeder, der in den Krieg zieht, kehrt verwundet zurück. Die Wunden sind nur nicht immer Fleischwunden, und sie sind auch nicht immer sichtbar.

Wenn sie noch mal vor der Wahl stünden, würden viele der Jungs, mit denen ich gedient habe, sich gegen die Armee entscheiden.

Vor einer Woche bin ich nach Hause gekommen, um rückhaltlos aufrichtig zu sein, aber ich habe versagt. Weil ich zwar vielleicht ein Held genannt werde, aber immer noch Angst habe, meine Familie bloßzustellen.

Weil bei allem, was am Militär falsch ist, wir es doch immer noch brauchen, um uns zu beschützen. Weil so viele gute Leute gestorben oder verstümmelt worden sind und so viele Familien Angehörige verloren haben. Nur damit wir Amerikaner die Freiheiten genießen können, die wir haben. Und zu guter Letzt, weil ich glaube, dass, wenn es eine bessere, humanere Alternative gäbe, unser Land zu beschützen, die US-Armee als Erste davon Gebrauch machen würde.

Im Dunkeln neben mir höre ich die Eiswürfel klimpern. Mein Vater trinkt einen Schluck. »Vor diesem Moment habe ich mich gefürchtet, Jake«, sagt er. »Du denkst vielleicht, dass ich nicht weiß, was in dir vorgeht, aber ich glaube, da irrst du dich.«

Das könnte vieles bedeuten. Ich sehe ihn verunsichert an. Wir sitzen beide vornübergebeugt auf unseren Stühlen, den Drink in beiden Händen.

Er lehnt sich zurück und seufzt. »Mein Junge, wenn ich noch mal von vorn anfangen könnte.« Dann schüttelt er den Kopf. »Nein, es würde nichts ändern.«

»Was würde nichts ändern, Dad?«

»Manchmal denke ich, dass ich nur wegen Onkel David zur Armee gegangen bin.«

Ich bin verwirrt. Onkel David war der, der sich vor Vietnam gedrückt hatte. Der Schande über die Liddells gebracht hat. Aber was hat das damit zu tun, dass Dad zur Armee gegangen ist? Ich verstehe nicht ganz, was er meint.

»Nein, ich wäre sowieso hingegangen«, fährt Dad mit hängenden Schultern fort. »Ich hatte nie den Mumm wie Onkel David.«

»Mumm, sich vor dem Kriegsdienst zu drücken?«, frage ich skeptisch. Das ergibt jetzt gar keinen Sinn mehr.

»Bei den Liddells? Das kannst du mir glauben. Zur Armee zu gehen war weiß Gott die einfachere Lösung. David hätte denselben Weg wie ich gehen können. Er hätte einen Schreibtischjob weit weg vom Geschehen haben können.«

Bisher hatte Dad das immer anders dargestellt. »Ich dachte, dein Knie sei schuld gewesen.«

Er schwenkt gedankenverloren den Bourbon in seinem Glas.

Wahrscheinlich bilde ich mir das nur ein, aber irgendwie scheint sich die Luft um uns zu verändern.

»Knie sind ein schwieriges Thema, Jake. Die Armeeärzte haben sich zu meinen Gunsten entschieden. Aber ...« Er zögert. Wenn er jetzt sagt, was ich denke, das er sagen will, dann fällt es ihm bestimmt nicht leicht. »Die Wahrheit ist, ich hätte kämpfen können ... wenn ich gewollt hätte.«

»Heißt das ... heißt das, du wolltest nicht zur Armee?«

Kann sein, dass wir nur ein winziger Fleck und Moment im Universum sind, aber dieser Augenblick bedeutet mir unglaublich viel ... und meinem Vater auch.

»Ich hatte keine Wahl«, sagt er. »Es war schon schlimm genug, *einen* Verräter in der Familie zu haben. Die Liddells waren immer eine Soldatenfamilie, schon fast so lange wie die des Generals. Kannst du dir vorstellen, wie wir mit zwei Deserteuren dagestanden hätten? Wir wären das Gespött der ganzen Armee gewesen.«

Ich bin immer noch fassungslos. »Du meinst also, du findest es richtig, dass Onkel David sich vor dem Militärdienst gedrückt hat?«

Irgendwo in der Dunkelheit fängt ein Hund an zu bellen, ein zweiter kommt dazu. Blue, der gerade noch neben uns auf der Terrasse schlief, hebt den Kopf, als überlegte er, ob es sich lohnt, mit einzustimmen. Er senkt den Kopf wieder. Offenbar nicht.

Dad nimmt noch einen Schluck. »Das war Vietnam, Jake. Nicht der Zweite Weltkrieg, wo es ganz klar um Gut gegen Böse ging. Den heutigen Krieg würde man wahrscheinlich als Krieg der Vernunft gegen den Wahnsinn bezeichnen. Vietnam war anders. Schwer zu begreifen. So viele Männer, die zwölftausend Kilometer entfernt in diesem kleinen Land starben. Während wir hier nie in Gefahr waren. Es gab keine terroristische Bedrohung. Mit 9/11 oder diesen anderen schrecklichen Bombenattentaten und Amokläufen hatte das nichts zu tun. In Vietnam haben wir einzig und allein gegen eine vage Idee namens Domino-Theorie gekämpft. Die nicht wirklich begründete Angst, dass, wenn Südvietnam an die Kommunisten fiel, der Rest von Südostasien schnell folgen würde. Und dann vermutlich auch der Rest der Welt.«

Trotz seiner langen Erklärung hat Dad meine Frage noch nicht beantwortet, die von so großer Tragweite ist, dass ich das Gefühl habe, sie wiederholen zu müssen. »Du … findest es also richtig, dass Onkel David den Wehrdienst verweigert hat?«

Es dauert etwas, bis Dad antwortet: »Lass es mich so sagen. Ich kann nicht sagen, dass ich es falsch finde. Nicht in diesem speziellen Fall. Er hat den Dienst verweigert, weil er glaubte, dass dieser Krieg unmoralisch war. In unserer Familie, in diesem Land damals, erforderte das eine Menge Mut, Jake.«

Unfassbar. Ich wurde in dem Glauben groß, dass es keine größere Sünde gab, als den Dienst zu verweigern, in welchem Krieg auch immer. Ich wusste, dass Dad nicht der engagierteste Soldat war. Aber ich dachte, es läge daran, dass er sich wegen seines kaputten Knies damit abfinden musste, im Büro zu versauern. Mir war nie in den Sinn gekommen, dass er sich vielleicht absichtlich dafür entschieden hatte.

Mein Vater dreht sich zu mir um. Ohne Mondlicht sehe ich sein Gesicht nur als Umriss. »Ich möchte, dass du eins weißt, Jake. Was mich betrifft, musst du morgen früh nicht in dieses Flugzeug steigen. Du kannst hierbleiben. Mach deine Physiotherapie hier und betrachte deinen Militärdienst als abgeschlossen. Wenn du dich dazu entschließt, werde ich hinter dir stehen und dich in jeder Hinsicht unterstützen.«

»Wenn ich nicht in dieses Flugzeug steige, ist das Fahnenflucht.«

Dad beugt sich vor und schüttelt langsam den Kopf. »Nein,

Jake. Das wird der General nicht zulassen. Du bist das, was er sich immer gewünscht hat, ein zweiter Held, der die Familientradition fortsetzt. Glaub mir, mein Junge, wenn du nicht zurückwillst, wird er dafür sorgen, dass du trotzdem deine Medaille bekommst *und* ehrenhaft entlassen wirst. Er wird alles tun, um diese Schmach zu verhindern, und er hat die nötigen Verbindungen.«

Ich bin sprachlos. Ich muss nicht zurück. Mein Vater will es nicht, und der General kann mich nicht zwingen.

Aber Moment mal, ist das nicht genau die Art von Bevorzugung, die ich nicht wollte? Ich wollte doch unbedingt beweisen, dass ich es auch alleine schaffe.

»Du bleibst am Leben«, sagt Dad, als wüsste er, was ich denke. »Du hast dich bewiesen, Junge. Du hast dein Leben riskiert, um andere zu retten. Du bist im Krieg verwundet worden. Du hast sehr viel mehr getan, als du gemusst hättest. Aber wenn du jetzt wieder rübergehst und dir etwas passiert …«

In der Ferne höre ich Reifenquietschen, wieder bellt ein Hund. Ich lehne mich zurück, schaue in den Nachthimmel und merke, wie es in meinem Magen rumort. Etwas ist noch nicht ausgesprochen. Vor sechs Jahren haben wir Mom verloren. Sollte mir etwas passieren, ist unsere halbe Familie tot. Dad sagt mir nicht nur, dass ich nicht zurückgehen muss. Er fleht mich praktisch an, es nicht zu tun.

BRAD

Ich saß in unserer Baracke mit meinem Laptop auf dem Bett. Wir hatten gerade einen zweitägigen Sandsturm hinter uns. Selbst in den Unterkünften war überall Sand. In den Achseln, im Schamhaar. In der Nase und im Mund.

Ich spielte *Minecraft*, die perfekte Realitätsflucht. Morpiss hatte uns den Trick verraten, bei Sturm den Laptop in Frischhaltefolie einzuwickeln. Ich brauchte nur noch zwei Enderaugen, dann war ich im Ende.

Die Tür schlug auf, Magnet streckte den Kopf hinein. »Es ist Sergeant Burrows!«

Ich sprang sofort auf und rannte hinaus ins unglaublich helle Sonnenlicht.

»Er hat sich auf dem Scheißhaus eingesperrt!«, brüllte Magnet mir über die Schulter zu, während ich ihm folgte.

Ich hörte Brad schon von Weitem schreien. Es klang wie jemand, der schreckliche Schmerzen hatte. Wie Morpiss nach der Landmine. Oder das halbe Dutzend anderer Männer, die ich unter unerträglichen Schmerzen hatte schreien hören. Ein so durchdringendes Geräusch, dass man wusste, egal was passiert war, dieser Mensch würde nie wieder derselbe sein.

Eine kleine Gruppe von Soldaten stand um das Klohaus herum, einen sechs Meter langen Container mit Stahltür. Man brauchte einen Schweißbrenner oder eine Kettensäge, um das Ding aufzukriegen. Die Gruppe bestand aus einfachen Soldaten, Unteroffizieren und sogar einem Sergeant. Alle machten sie mir den Weg frei. Als wäre ich ein Oberst. Natürlich nur, weil sie wussten, dass Brad und ich fast so was wie ein Team waren.

Die Schreie hielten an. Es klang, als würde Brad gefoltert. Was in gewisser Hinsicht auch der Fall war. Ich presste die Wange gegen die warme Stahltür. Man spürte förmlich das Metall vibrieren.

»Sarge«, sagte ich, als er kurz Luft holte.

Wieder schrie er, diesmal kürzer.

»Sarge«, sagte ich in der nächsten Pause.

»Morpiss!«, heulte Brad.

»Es ist nicht Ihre Schuld, Sarge.« Ich wusste, dass es noch zu früh war, um ihn zu bitten, mich reinzulassen. Ich musste ihn erst mal beruhigen.

Er brüllte wie ein Löwe mit der Pfote in der Falle.

»Sarge, wir haben das doch besprochen«, erklärte ich geduldig. »Sie haben so gehandelt, wie es von Ihnen verlangt wird.«

»Die Kinder!«, schrie er.

»Sie haben uns angegriffen, Sarge. Wir hätten tot sein können. Entweder sie oder wir.«

»Aaaaah!« Brad litt unermessliche Qualen. Selbst wenn er kein Unrecht getan hatte, waren unter seiner Aufsicht Menschen grauenhaft verstümmelt worden. Kinder waren gestorben. Die Mutter mit dem verbrannten Baby. Einmal hatte er in einem dunklen Keller ein halb totes, delirierendes Folteropfer entdeckt, dem man die Knöchel mit der Bohrmaschine durchbohrt hatte. Brad versank in Albträumen. Mit Logik brauchte man ihm nicht zu kommen, weil er nicht logisch dachte. Von einem Gehirn, das in einer tödlichen Mischung aus Schuld, Trauma und einem halben Dutzend verschiedener Medikamente schwamm, konnte man kein logisches Denken erwarten.

»Denken Sie an Amber, Sarge«, erinnerte ich ihn, obwohl ich nicht sicher war, ob das half. Alyssa wollte sich von ihm scheiden lassen. Was das für seine Beziehung zu seiner kleinen Tochter bedeutete, konnte ich mir nicht wirklich vorstellen.

»Ich kann nicht mehr. Ich kann nicht mehr«, keuchte er. »Es ... bringt mich um.«

Ich musste nicht fragen, ob er eine Waffe hatte. Natürlich hatte er eine. Jeder Soldat, der sich im Scheißhaus einsperrt und wie ein Irrer rumschreit, weiß, was passiert, wenn er da lebend rauskommt.

Seine Karriere war vorbei. Jetzt ging es um Leben und Tod. »Die Leute lieben Sie, Sarge. Sie respektieren Sie. Sie sind ein guter Mensch und ein guter Soldat, der freiwillig Dinge getan hat, die sonst niemand tun wollte. Ich weiß, dass Sie sich schrecklich fühlen, Sarge. Aber das geht vorbei. Sie kennen das doch. Es kommt und es geht auch wieder.«

Schweigen. Ich blickte in die besorgten Gesichter um mich herum. Brad war ein tapferer Soldat. Er hatte gekämpft. Er hatte die Stellung gehalten. Er hatte seine Männer beschützt.

Die Stille irritierte mich. Hatten meine Worte Brad erreicht? Dachte er nach? Aber egal, was er dachte, es konnte nichts Gutes sein. »Sarge, haben Sie gehört, was ich gesagt habe? Im Moment fühlt es sich schlimm an, aber es geht vorbei.«

»Aber ... es kommt immer wieder.«

Ich wusste nicht mehr weiter. Ich kniete neben dem Klohaus und fragte mich: Wie reagiert man auf so etwas? Wie überzeugt man jemanden, der seit Monaten schlimmste Qualen erleidet, dass sie sich irgendwann wie durch Zauberhand in Luft auflösen werden?

Für eine Antwort war keine Gelegenheit mehr.

Als der Schuss fiel, zuckten alle zusammen. Ich hatte das

Gefühl, als hätte die Kugel auch mich getroffen. Jemand rannte los, um einen Schneidbrenner zu holen. Ich saß im heißen, staubigen Sonnenlicht und weinte. Es war das erste Mal seit langer, langer Zeit.

▬ ▬ ▬ ▬ ▬

Wie so viele andere Soldaten hatte Brad Burrows eine Aufgabe übernommen, die niemand sonst übernehmen wollte. Und wie viele andere Soldaten auch war er daran zerbrochen. So wie jeder normale Mensch daran zerbrochen wäre.

Niemand, der nicht im Krieg war, weiß, wie das ist.

EIN JAHR SPÄTER

In Kampfanzug und Panzerwesten, beladen mit Tornistern und Handfeuerwaffen, schleppen wir uns über ein offenes Feld. *Peng!* Ein einziger Schuss, einer von uns bricht zusammen. Der Rest wirft sich sofort zu Boden.

»Doc! Mich hat's erwischt!«, ruft der getroffene Soldat.

Zwei Männer geben Feuerschutz, während ein anderer Soldat und ich zu dem Verletzten krabbeln und uns die Wunde ansehen. Da sie nicht lebensgefährlich ist, ziehen wir ihn an eine geschützte Stelle und leisten Erste Hilfe.

»Super!« Eine Pfeife ertönt, wir halten inne. Der »Verwundete« kommt hoch und klopft sich den Staub ab. Von der anderen Seite des Feldes kommt ein Sergeant auf uns zu. »Okay, Kadetten, das war's mit der Geländeausbildung. Ab in den Klassenraum.«

Als ich meinen Rucksack umhänge, fällt ein Buch heraus. Das vorgeschriebene Gewicht bei diesen Übungen beträgt zwanzig Kilo, aber ich habe noch ein bisschen was draufgelegt. Kann nicht schaden, sich an ein paar Kilo mehr zu gewöhnen.

Der Sergeant erinnert mich an Mr Washington, meinen alten JRTOC-Ausbilder, nur in etwas grauer. Aber dieselbe aufrechte militärische Haltung. Dasselbe Vorschriftsdenken. Kaum hebe ich das Buch auf, reißt er es mir aus der Hand und liest den Titel vor: »›Der innere Kampf: Die psychische Krise beim Militär‹.«

Er kneift die faltigen Augen zusammen. »Psychische Krise, ja? So, so, Kadett, wollen Sie sich auf EBH spezialisieren?«

»Jawohl, Sergeant.«

Embedded Behavioral Health nennt sich die psychologische Betreuung von Truppen im Dienst. Die Aufgabe besteht darin, emotionale Probleme frühzeitig zu erkennen und an Ort und Stelle zu reagieren, anstatt in einem weit entfernten Krankenhaus darauf zu warten, dass die Soldaten irgendwann nach einem totalen Zusammenbruch eingeliefert werden. Oder, wie in Brads Fall, es gar nicht erst bis dahin schaffen.

Der Sergeant hält noch mein Lehrbuch in der Hand. »Im Irakkrieg gab's diesen ganzen Kram nicht.«

Er sieht nicht nur aus wie ein Oldtimer, er klingt auch so. Also antworte ich: »Sergeant, Sir. Bei allem Respekt für Ihre Dienstjahre, Sir, die Selbstmordrate unter Veteranen aus dem Golfkrieg ist viel zu hoch. Wir müssen uns besser um unsere Soldaten kümmern, die immerhin ihr Leben riskieren, um uns zu schützen, Sir. Wirklich, Sir, es ist das Mindeste, was wir tun können.«

Der Ausbilder schaut auf mein Schild und klappt dann das Buch auf, in dem mein kompletter Name und der der Kaserne in Fort Sam steht.

»Jake Liddell«, sagt er. Ein paar gucken überrascht, als sie meinen Namen hören. Er nicht. »*Silver Star*, stimmt's?«

»Jawohl, Sir.«

Er gibt mir das Buch zurück. »Die Veteranen, die Selbstmord begangen haben, ja? Ein paar von ihnen waren meine Freunde. Das ist eine Tragödie. Eine echte Tragödie.« Er klopft mir auf die Schulter. »Gute Sache, was Sie da machen, Kadett Liddell. So, und jetzt in die Klasse.«

Ich spreche fast jeden Tag mit Aurora, sehe sie aber nur ein paarmal die Woche. Sie ist nach San Antonio gezogen und arbeitet in der Zahnklinik auf dem Stützpunkt San Antonio-Randolph. Das habe ich dem General zu verdanken. Er hat seine Beziehungen spielen lassen und ihr den Job besorgt. Nach meinem Entschluss, mich nach Fort Sam Houston verlegen zu lassen und eine militärärztliche Ausbildung zu machen, hatten Aurora und ich ein langes Gespräch. Sie hat mir versichert, Doug und sie seien nie mehr als nur »gute Freunde« gewesen. Dann wollte sie wissen, was an dem Abend war, als ihre Freundin Emily am Park vorbeigefahren sei und mich mit Brandi auf der Bank gesehen habe. Das war der Grund gewesen, warum Aurora am Tag vor meiner Abreise nicht auf meine Anrufe und Nachrichten geantwortet hatte. Sie sagte, sie habe Zeit zum Nachdenken gebraucht.

Sie hat meine Erklärung akzeptiert und weiß, dass Brandi und ich noch Kontakt haben. Ich rede nicht mit vielen Leuten darüber, aber ich unterstütze Brandis Kampagne für mehr Transparenz zwischen JRTOC und Armee. Ich vertrete außerdem ihre Meinung, dass eine unverhältnismäßig hohe Anzahl von finanziell Benachteiligten und Angehörigen von Minderheiten gezwungen ist, aus Mangel an anderen Möglichkeiten zum Militär zu gehen.

Vor Kurzem erzählte mir ein Kadett hier in Fort Sam, dass sein Interesse am Militär durch *Call of Duty* geweckt wurde. Kann ich gut nachvollziehen. Ich habe das auch gespielt. Es macht Spaß und ist aufregend. Man darf sich nur nichts vormachen. Man darf nicht einen Moment lang glauben, ein Videospiel hätte irgendetwas mit dem echten Krieg zu tun. Kein Spiel der Welt ist so schlimm, dass einem vor lauter Grauen der Schwanz zusammenschrumpft und man nur noch heulen will. So schlimm, dass man betet, man wäre irgendwo anders, nur nicht dort, wo man ist. So schlimm, dass man es nicht fasst, wie man sich freiwillig dafür melden konnte.

Videospiele verursachen kein so tief empfundenes Leid, dass man sich die Zunge abbeißen will, nur um den Schmerz auszuhalten.

Bei einem echten Feuergefecht läuft keine Heavy-Metal-Musik. Der Terror ist echt. Der Schmerz ist echt. Der Tod ist echt.

Unser Land ist aus einem Krieg entstanden. Und auch wenn Ex-Präsident Ronald Reagan einmal sagte, ein Volk, das frei entscheiden kann, würde sich immer für den Frieden entscheiden, hat Amerika es geschafft, in den vergangenen 240 Jahren gerade mal 17 Jahre nicht irgendwo in irgendeinen Krieg involviert zu sein. Ich weiß nicht, warum das so sein muss, aber ich weiß auch nicht, was man dagegen tun kann.

NACHWORT

Für viele Amerikaner begann der Krieg gegen den Terror mit der Zerstörung des World Trade Center am 11. September 2001 und Amerikas darauf folgender Invasion in Afghanistan. Bis heute, etwa sechzehn Jahre später, hält dieser Krieg im Nahen Osten und in Teilen Afrikas an. Es ist inzwischen der längste Konflikt in der amerikanischen Geschichte, und man kann sich schwer vorstellen, dass er bald endet. In meinem Roman bin ich absichtlich nicht näher darauf eingegangen, wo genau der Krieg stattfindet, da die Orte im Laufe der Zeit gewechselt haben. Was sie wahrscheinlich auch weiter tun werden.

Laut Wikipedia bieten mehr als 3000 weiterführende Schulen in den USA im regulären Lehrplan sogenannte »Junior Reserve Officer Training Corps (JRTOC)«-Programme an, die junge Menschen auf eine Laufbahn beim Militär vorbereiten. Während die genaue Anzahl der Schüler in diesen Programmen von Jahr zu Jahr variiert, kann man davon ausgehen, dass grundsätzlich etwa eine halbe Million junge Menschen daran teilhaben. Eine erhebliche Anzahl davon geht danach zur Armee. Einige ziehen in den Krieg. Einige sterben.

Zurzeit sind ungefähr 1,5 Millionen Menschen in den Streitkräften der Vereinigten Staaten im Einsatz (Heer, Luftwaffe, Marine) und etwa eine Million in Reserve. Reservisten haben die Grundausbildung absolviert und können im Notfall eingezogen werden.

Ich bin in den 1960er-Jahren aufgewachsen, und mein Bild vom Krieg wurde stark durch Amerikas Beteiligung am Vietnamkrieg geprägt, einem verheerenden und sinnlosen Konflikt, der Millionen von Toten forderte und Elend über viele weitere Millionen brachte. Deshalb war ich einen Großteil meines Lebens lang gegen Krieg, der, wie mir scheint, fast immer von Gier, Hass und Angst getrieben ist. In den letzten Jahren sah ich mich jedoch durch die Entwicklung des Weltgeschehens gezwungen zu akzeptieren, dass in manchen Fällen Krieg unvermeidbar ist und Länder Armeen zu ihrem Schutz haben müssen.

Meine Recherche für diesen Roman bestand aus der Lektüre unzähliger Sachbücher und Artikel über das amerikanische Militär und den Endlosen Krieg (*Forever War*) unserer Gegenwart. Daneben stand die Lektüre zahlloser individueller Erfahrungsberichte von Soldaten – nicht wenige von ihnen sind traumatisiert aus dem Krieg nach Hause zurückgekehrt. Ein Großteil der Informationen über die Medikamente, die die Soldaten bei der Armee bekommen, stammt auch aus diesen Quellen. Ich habe außerdem viele Videos gesehen und auch die Kinofilme, die von Veteranen als am treffendsten und realistischsten eingestuft werden. Zu guter Letzt habe ich mit mehreren Veteranen gesprochen, die in vorherigen Kriegen gekämpft haben.

Der ehemalige US-Präsident und Oberbefehlshaber der alliierten Streitkräfte im Zweiten Weltkrieg Dwight D. Eisenhower sagte einmal: »Ich hasse den Krieg, wie es nur ein Soldat kann, der ihn erlebt hat, der seine Grausamkeit, seine Sinnlosigkeit und seine Dummheit erfahren hat.« Seine Aussage hat bis heute nicht an Aktualität verloren. Ich werde nie verstehen, warum Krieg Teil der menschlichen Erfahrung sein muss. Dennoch zeigt unsere Wirklichkeit tagtäglich, dass es so ist und wohl auch auf unabsehbare Zeit so bleiben wird. Gerade deshalb bin ich unbedingt der

Meinung, dass, wenn ein Land schon in den Krieg ziehen muss, es wenigstens seine Soldaten realistisch, nüchtern und ohne Beschönigung darauf vorbereiten sollte, was sie dort tatsächlich erwartet.

DANKSAGUNG

Mein Dank geht an Petra Deistler-Kaufmann, David Gale, Amanda Ramirez und Stephen Barbara für ihren Rat, ihre Unterstützung und ihre Geduld.